mainbook

ISBN 978-3-948987-00-8
Copyright © 2020 mainbook Verlag
Alle Rechte vorbehalten
Covergestaltung: Together Concept, Stephan Striewisch
Bildrechte: Thorsten Fiedler

Auf der Verlagshomepage finden Sie weitere spannende Bücher: www.mainbook.de

Thorsten Fiedler

Abseits

Offenbach-Krimi

Das Buch

Adi Hessberger, Hauptkommissar im Polizeipräsidium Südosthessen und Chef der SOKO Bieberer Berg, ist bis über beide Ohren verliebt. Nicht nur in seinen OFC, nein, seine Kollegin Sina Fröhlich hat es ihm angetan. Sie führen seit geraumer Zeit eine Beziehung. Leider läuft es nicht rund. Sinas Vergangenheit holt sie immer wieder ein und macht dem Paar zu schaffen.

Doch das sind bei Weitem nicht alle Probleme, die dem jungen Glück im Wege stehen. Denn innerhalb kurzer Zeit kommt es zu mehreren Todesopfern in der Stadt, in OFC-Foren sind Hasskommentare zu finden, ein Serientäter tritt auf den Plan und – last, but not least – die Welt scheint verrücktzuspielen, denn in Hanau wird ein rassistisch motivierter Anschlag verübt und ein neues Virus löst eine weltweite Pandemie aus.

Zu viele Baustellen auf einmal für Hessberger? Wer das denkt, kennt Adi schlecht!

Prolog

Albert liebte Kinder. Genau das war ihm zum Verhängnis geworden. Insgesamt hatte er sechseinhalb Jahre in einem Stuttgarter Gefängnis zugebracht. Damals hatte die Polizei Tausende expliziter Bilddateien auf seinem Computer gefunden. Eine Internetseite war durch einen Informanten aufgeflogen und dabei war auch sein Name aufgetaucht. Bei den Vernehmungen wurde zudem aufgedeckt, dass er nicht nur Bilder angesehen und getauscht hatte.

Bei seiner Haftentlassung hatte er sich entschlossen, umzuziehen. Eher zufällig war seine Wahl auf Offenbach gefallen. Dort hatte er eine Wohnung in einem größeren Mietshaus nahe der ehemaligen Bachschule gefunden und lebte nun von Hartz IV und Gelegenheitsarbeiten. Ab und zu schaute er sich Fußballspiele des OFC an, doch noch mehr liebte er es, sich in anonymen Communitys zu bewegen und dort ein wenig für Unruhe zu sorgen.

Albert hatte nicht nur verfolgt, dass sich im Oktober, November und Dezember 2019 Berichte und Fanbeiträge zum OFC in den sozialen Medien überschlagen hatten. Sogenannte OFC-Fans hatten die Mannschaft, die Verantwortlichen und ehemalige Funktionäre beschimpft. Albert war mittendrin im Geschehen gewesen.

*„Schickt diese Söldner alle in die Wüste." *Kult-Albert**

*„Wir sind Kickers und ihr nicht." *Kickers-Klaus**

Da war sie wieder, die kritische Kickers-Zeit, in der es fast unmöglich war, es den Fans recht zu machen. Während die einen es unmöglich fanden, den Spieler Serkan Firat wieder zurückzuholen, hielten die anderen es für die einzig richtige Entscheidung. Viele hatten großes Mitleid mit dem neuen Präsidium, das wirklich alles tat, um endlich wieder erfolgreiche OFC-Zeiten einzuläuten. Es wurde viel Geld investiert, intensive Gespräche mit Sponsoren wurden geführt, ein neuer Trainer verpflichtet und das Gesicht der Mannschaft verändert. Doch die Geduld der Fans war in den letzten Jahren stark strapaziert worden und man brauchte dringend einen Hoffnungsschimmer auf bessere Zeiten. Für die Anhänger war es die beste Fanszene im ganzen deutschen Fußball, denn wirkliche Fans zeigen sich dann, wenn es regnet, stürmt oder schneit und dir der kalte Wind der Vierten Liga um die Ohren pfeift. Das konnten viele sogenannte Mode- und Sonnenscheinfans überhaupt nicht nachvollziehen. Und genau das wollte Albert gerne ändern.

Außerdem konnte er seine gefährlichen Neigungen immer schwerer unterdrücken. Natürlich musste er vorsichtig agieren, weil die Polizei angekündigt hatte, ihn weiter im Auge zu behalten. Dennoch hatte er sich ein paar seiner alten Schätzchen auf einem USB-Stick aufgehoben. Zum Glück ahnte niemand etwas von seiner dunklen Vergangenheit – oder sollte er besser sagen Gegenwart?

Als er die Treppen hinunterging, um ein paar Einkäufe zu erledigen, blieb sein Blick am Schwarzen Brett hängen. Dort hing ein Foto – sein Foto – und darauf stand groß mit rotem Filzstift geschrieben: KINDERSCHÄNDER.

„Wer zum Geier …?", fing er an zu brüllen, senkte dann aber rasch die Stimme. Hastig riss er das Blatt ab, sah sich um und steckte es panisch in seinen Mantel. Er schnappte nach Luft, ihm wurde furchtbar schlecht.

Nachdem er sich wieder etwas beruhigt hatte, war er in der Lage, zum REWE-Markt neben dem alten Schlachthof zu gehen und sich dort, unter anderem, eine Flasche Asbach zu holen. Als er wieder zu Hause angekommen war, überlegte er fieberhaft, wie jemand es geschafft haben konnte, hinter sein

Geheimnis zu kommen. Er setzte sich vor den Fernseher und begann, sich zu betrinken.

EINS

Dienstag, 21.01.2020, Offenbach

Kriminalhauptkommissar Adi Hessberger holte sich eine Flasche Offenbacher Bier aus dem Kühlschrank, prüfte die Temperatur und war mehr als zufrieden. Gut durchgekühlt. Während er einen Öffner aus der Schublade nahm, beobachtete er aus den Augenwinkeln Sina Fröhlich, die im Flur stand, ihre Handtasche durchsuchte und die Autoschlüssel herausnahm.

„Hast du heute Abend noch was vor, meine Schöne?"

„Nein, aber ich muss mir noch Klamotten fürs Wochenende holen." Sie betrat die Küche, strich ihm über die Wange und gab ihm einen Kuss.

„Ach blöd", entwich es Adi. „Ich hatte mich so auf einen gemütlichen Fernsehabend mit dir auf der Couch gefreut."

„Ich bin in spätestens ein, zwei Stunden wieder hier ..."

„Warum ziehst du nicht hier ein? Das will mir einfach nicht in den Kopf." Er öffnete die Flasche und nahm einen großen Schluck seines Lieblingsgetränks.

„Ach Adi ...". Sie seufzte. „Das haben wir doch schon dreimal besprochen. Ich brauch einfach noch etwas Zeit, nach allem, was passiert ist."

Sie spielte auf die beiden vorangegangenen Fälle an, die die Kripo Bieberer Berg gelöst hatte. Wenn er ehrlich war, lagen sie auch Adi noch im Magen, und das würde wohl noch eine ganze Weile so bleiben.

„Ja, ja, ja, ist ja schon gut", antwortete er. „Aber es wäre doch alles viel entspannter. Weißt du, wie ich das meine?"

„Manchmal kannst du ganz schön nerven. Ist heute kein Fußball im Fernsehen?"

„Nur Premier League, Chelsea gegen Arsenal, und darauf kann ich gern verzichten. Aber du lenkst ab, lass es uns doch einfach mal probieren. Was meinst du? Wenn es nach drei Wochen nicht klappt, sage ich nie mehr was, okay?"

Sina strich ihm wieder über die Wange und grinste. „Du kannst es wohl nie lassen. Ich hätte nicht gedacht, dass ich mal auf einen so hartnäckigen Mann abfahren würde." Sie machte sich auf den Weg zur Tür.

„Tja, muss wohl mein besonderer Offenbacher Charme sein", rief er ihr nach. „Also was ist jetzt?"

Aber da hörte er schon die Haustür zufallen.

*

Die Kamera erfasste das maskenhaft wirkende Gesicht. Leblose Augen starrten ins Objektiv, dann schwenkte das Bild um 180 Grad auf den Main und wandelte sich innerhalb weniger Sekunden zu einer Idylle, die trügerischer nicht sein konnte. Die Sonne spiegelte sich im dunklen Wasser und ein Schwan zog majestätisch seine Kreise.

Er setzte sich an seinen Schreibtisch und kam ins Grübeln. Sie waren selbst schuld. Warum hatten sie sich nicht an die einfachsten Regeln gehalten? Jetzt musste er diese Fehltritte reglementieren.

Ein leicht unangenehmer Geruch im Raum wurde überlagert von einem billig riechenden Parfum. Eine Fliege setzte sich mitten auf die Stirn des Mädchens, aber es reagierte nicht. Ihr Blick ging ins Leere.

11

Mittwoch, 22.01.2020, Offenbach

Das Haus war umgeben von hohen Tannen, die das Mondlicht kaum durchdringen konnte. Ein leichter Wind sorgte dafür, dass sich die Äste auf und ab bewegten. Ihre Schatten verliehen dem Schauplatz etwas Gespenstisches. Hessberger und Fröhlich hofften darauf, dass ein Bewegungsmelder die Außenbeleuchtung anschalten würde, doch es blieb dunkel, als sie sich der Eingangstür näherten. Das Haus schien in tiefem Schlaf zu liegen. Die Stille war förmlich greifbar. Sie klingelten mehrmals, doch niemand öffnete.

Es war kein Problem gewesen, den Durchsuchungsbeschluss zu bekommen. Der Tatverdacht beruhte zwar auf anonymen Hinweisen, die vielen Details verrieten jedoch deutliche Insiderkenntnisse. Weitaus schwieriger wäre es, auf die Schnelle einen Schlüsseldienst organisieren zu müssen.

Einige Minuten später standen sie vor der offenen Tür. Sina schaute Adi bewundernd an. „Wie hast du das denn hinbekommen?"

„Einbruchsseminar online", grinste Hessberger und ging hinein.

Da keiner der Lichtschalter funktionierte, waren ihre Handys die einzigen Lichtquellen. Die beiden begutachteten Raum für Raum, auf der Suche nach Hinweisen und dem Sicherungskasten. Als Hessberger ihn endlich fand und die Sicherungen umlegte, verlor die Umgebung augenblicklich ihre Düsternis. Sie setzten ihre Erkundigungen im Erdgeschoss und der oberen Etage fort, zuletzt blieben nur noch die Kellerräume übrig. Das Treppenlicht spendete nur wenig Helligkeit und je tiefer sie hinabstiegen, desto dunkler wurde es. Sina hielt unwillkürlich den Atem an, als sie die knarrenden Stufen mit den Füßen berührte. Plötzlich standen sie vor einer schweren Metalltür. Adi drückte die Klinke langsam herunter und öffnete sie mit einem quietschenden Geräusch. Ihre Nerven waren aufs Äußerste gespannt. Mit entsicherten Waffen betraten sie vorsichtig den Raum. Sina lief der Schweiß den Rücken hinunter, sie umfasste den Griff ihrer Dienstwaffe fester. Unvermittelt wurden sie von einem Blitz geblendet …

*

Der Kellerraum war mit einer Alarmanlage gesichert. Das grelle Licht und der betäubende Lärm sorgten dafür, dass die Kommissare einige Minuten brauchten, bis sich ihre Atmung wieder normalisiert hatte.

In dem Raum gab es mehrere Bildschirme und Computer. Überall standen Ordner herum. Auf einem Monitor, der eingeschaltet war, sahen sie ein Mädchen mit langen, blonden Haaren, strahlend blauen Augen und einer sehr guten Figur. Sie war nackt.

Also hatte der Lehrer, dessen Haus sie gerade durchsuchten, gelogen, als er von Verleumdung sprach. Adi hatte dem Mann tatsächlich geglaubt. Er hatte einen ehrlichen Eindruck gemacht. Familienmensch, zwei Kinder, untadeliger sozialer Hintergrund. Was veranlasste einen Menschen nur, solche Dinge zu tun?

Und warum war das Haus leer und verlassen? Wo waren die Frau und die Kinder? Ihr Verdächtiger hatte sich nach seiner Vernehmung aus dem Staub gemacht. Die anonymen Hinweise hatten für eine Festnahme nicht ausgereicht. Jetzt aber hatten sie genug Material, um ihn in Untersuchungshaft zu stecken. Zuallererst mussten sie aber herausfinden, wer das Mädchen war ...

Donnerstag, 23.01.2020, Offenbach, Waldstraße

Am nächsten Tag standen die Kommissare im Direktorat des Albert-Schweitzer-Gymnasiums. Der Schulleiter wirkte etwas missgelaunt angesichts des Erscheinens der Polizei. Zuerst fing er mit dem Thema Datenschutz an, aber Hessberger ließ ihn gar nicht erst ausreden und zeigte dem verdutzten Rektor kommentarlos die Bilder, die sie am Tag zuvor sichergestellt hatten.

„Wie kommen Sie an solche Bilder? Das ist Steffi Gerber aus der Dreizehn. Ich schau mal nach, in welchem Kurs sie im Augenblick ist. Ja, hier haben wir es schon, Chemie in Raum 202, im zweiten Stock. Könnten Sie vielleicht noch warten, bis der Unterricht zu Ende ist?"

„Nein, das können wir nicht!", antwortete Hessberger kurz angebunden und schon machten sie sich auf den Weg. Zu Sina gewandt sagte er hinter vorgehaltener Hand: „Ich kann dieses überhebliche Pädagogengetue einfach nicht ab. Das macht mich sofort aggressiv."

„Wenn du es nicht angesprochen hättest, wäre es mir überhaupt nicht aufgefallen", entgegnete Sina mit einem frechen Grinsen. Sie kannte Adi einfach zu gut und konnte in ihm lesen wie in einem offenen Buch.

Der Chemielehrer war zum Glück deutlich aufgeschlossener als der Herr Rektor. „Steffi ist heute nicht zum Unterricht erschienen. Das kam allerdings schon häufiger vor. Die junge Dame hat zwar vielfältige Interessen, Chemie gehört jedoch sicher nicht dazu."

Im Sekretariat erhielten sie ohne Umschweife die Adresse der Schülerin. Steffi Gerber wohnte nicht weit von der Schule auf dem Gelände des alten Schlachthofs, eines der schönsten Gebäude, die Offenbach zu bieten hatte. Schon von Weitem konnten sie das Wahrzeichen, den ehemaligen Uhr- und Wasserturm, erkennen. Hessberger war immer wieder begeistert, wenn er vor den imposanten Backsteinfassaden stand. Er hätte sich sehr gut vorstellen können, in diesem Areal zu wohnen, doch die Mietpreise waren ihm einfach zu hoch.

Sie klingelten mehrfach, doch niemand schien zu Hause zu sein. So machten sie sich unverrichteter Dinge wieder auf den Weg ins Polizeipräsidium Südosthessen.

*

Rüdiger Salzmann erwartete sie sehnsüchtig, denn im Präsidium ging es drunter und drüber. Die Telefone klingelten in einem fort, und das bei einer äußerst dünnen Personaldecke. Durch einen Serienkiller waren die Mitarbeiter von Hessbergers Abteilung deutlich dezimiert worden, das machte sich jetzt bemerkbar. Zum Glück hatte ihnen die obere Etage für den nächsten Tag einen neuen Kollegen zugesagt. Auch ein neuer Gerichtsmediziner sollte im Laufe der kommenden Wochen seinen Dienst antreten.

Im Besprechungsraum fasste Rüdiger den Status quo des vorliegenden Falls zusammen.

„Klaus Zenker, Lehrer an der Albert-Schweitzer-Schule, wurde anonym beschuldigt, seine Schülerinnen sexuell zu belästigen und zu stalken. Bei der Vernehmung hat er uns glaubhaft versichert, diese Aussage entbehre jeglicher Grundlage. Und ganz ehrlich, ich hab's ihm abgekauft. Nachdem er seine Aussage gemacht hatte, ließen wir ihn laufen, es gab keinen Grund, an seinen Worten zu zweifeln. Ein paar Stunden später gab es einen weiteren anonymen Hinweis, im Haus des Lehrers befände sich umfangreiches Beweismaterial. Das

Haus habt ihr dann leer vorgefunden. Bis auf den Keller, der mit einer Alarmanlage gesichert war. Dort fand sich ein Laptop mit Bildern der verschwundenen Schülerin. Es handelte sich dabei um professionell aufgenommene Erotik- beziehungsweise Nacktaufnahmen. Damit ist schon mal klar, dass der anonyme Hinweisgeber recht hatte und Klaus Zenker uns angelogen hat. Jetzt sind beide verschwunden, Schülerin und Lehrer."

„Danke für die treffende Zusammenfassung, Rüdiger", sagte Hessberger. „Sobald der neue Kollege eintrifft, werden wir uns aufteilen. Zuerst befragen wir die Nachbarn von Steffi Gerber und Klaus Zenker. Sollten wir ihn in den nächsten zwei Tagen nicht finden, schreiben wir ihn zur Fahndung aus. Obwohl ich das nur ungern tue, denn wenn wir offiziell gegen ihn vorgehen und am Ende ist er vielleicht doch nicht schuldig, wird er den Makel nie wieder los."

ZWEI

Freitag, 24.01.2020, 5.30 Uhr

Die Luft im Raum war stickig und abgestanden. An der gegenüberliegenden Wand zeichnete sich sein Schatten ab, der sich unruhig hin- und herbewegte. Immer wieder murmelte er vor sich hin: „Selbst schuld, warum konnten sie auch nicht aufhören?" Sie würden schon sehen, was sie davon hatten …

Freitag, 24.01.2020, Leonhard-Eißnert-Park

Als Adi den Telefonhörer auflegte, schaute er Sina mit betrübten Augen an. „Es gibt Arbeit. Wir müssen zu einem neuen Tatort."

Eine Viertelstunde später kamen sie im Leonhard-Eißnert-Park an. Adi verschaffte sich erst einmal einen groben Überblick. Die Wege des beliebten Kletter- und Freizeitparks waren vorschriftsmäßig mit rot-weißen Plastikbändern abgesperrt. Alles wirkte ein wenig trist, die Bäume waren kahl, das welke Gras grau, die Luft dunstig. Die großen Wasserfontänen, im Sommer eine Attraktion des Geländes, waren abgestellt. Der Park und das Verkehrserziehungsgelände, auf dem Hessberger vor vielen Jahren seinen Fahrrad-Führerschein gemacht hatte, waren menschenleer, nur die Kollegen der Spurensicherung zeigten Fleiß bei der Arbeit.

„Na Jungs, was haben wir hier?"

„Ein Spaziergänger hat die Polizei benachrichtigt, weil eine Joggerin bewusstlos im Wald lag. Leider konnten wir sie nicht vernehmen, denn der herbeigerufene Rettungswagen hat sie sofort mit ins Krankenhaus genommen. Aber deswegen haben wir euch nicht gerufen. Zuerst dachten wir tatsächlich, es handelt sich nur um eine verunglückte Person, aber dann haben wir das hier gesehen." Er zeigte auf eine riesige Eiche. Einen halben Meter über dem Boden baumelte ein männlicher Körper.

*

Die Kommissare fuhren ins Ketteler-Krankenhaus, um die Aussage der Joggerin aufzunehmen. Adi wusste aus langjähriger Erfahrung, dass es wichtig war, die Zeugen so schnell wie möglich zu vernehmen.

„Ich fühle mich total unwohl in Krankenhäusern. In der Luft liegt immer ein Hauch von Desinfektionsmitteln, diesen Geruch hasse ich wie die Pest. Findest du nicht auch, dass Krankenhäuser das Gefühl von Siechtum und Tod verströmen?" Ohne eine Antwort von Sina abzuwarten, ging Adi weiter. Sie fuhren mit dem Aufzug in den dritten Stock und ließen sich dort von einer Schwester das richtige Zimmer zeigen. Der Raum, den sie betraten, erwies sich als großzügiges, lichterfülltes Zimmer.

Die Frau lag direkt am Fenster. In ihrem Gesicht spiegelte sich Angst, ja Panik wider, zumindest war das Adis Eindruck. Die verlaufene Schminke verlieh ihr einen maskenhaften Ausdruck und unter der großen Bettdecke wirkte sie seltsam verloren.

„Wie geht es Ihnen?", fragte er ohne Umschweife. „Sind Sie in der Lage, uns zu erzählen, was genau passiert ist?"

Wie geistesabwesend begann sie zu erzählen. Es schien, als spiele sie die Szene nach, denn sie redete, als würde sich das Ganze gerade ereignen.

„Ich jogge durch den Park, wie jeden Morgen. Ich laufe am Verkehrserziehungsgelände vorbei. Es ist ganz friedlich und still, weil es noch so früh ist. Der Mond leuchtet nur schwach durch die großen Laubbäume. Der Park liegt in einem tiefen Schlaf. Es ist neblig und kein Geräusch ist zu hören. Doch da ist plötzlich was. Ein leises Knarren, kaum hörbar, das mich stört und nicht in diesen Morgen passt. Aber ich bin in meine Gedanken vertieft. Mein Freund und ich wollen bald heiraten. Was da alles zu erledigen ist, das geht mir nicht aus dem Kopf. Auch beim Joggen. Ganz plötzlich merke ich, dass was nicht stimmt, aber da ist es schon zu spät. Da hängt jemand und ich renne voll in ihn hinein. Gegen eine Leiche! So ein grauenvoller Anblick! Ich fange an zu zittern. Am ganzen Körper. Will schreien. Aber ... aber es kommt kein Ton über meine Lippen."

Kaum hatte sie ihre Erzählung beendet, brach sie in Tränen aus. Der herbeigeeilte Arzt versuchte, sie zu beruhigen, und bat die Beamten zu gehen. Sie verabschiedeten sich, denn mehr würden sie im Augenblick wahrscheinlich sowieso nicht erfahren. Warum sollten sie die Frau weiter quälen?

Polizeipräsidium Südosthessen

Als die beiden das Präsidium betraten, kam gerade Rüdiger Salzmann um die Ecke. „Und? Habt ihr schon eine Vermutung, was passiert sein könnte?"

„Das nicht, aber ich habe eine Überraschung für dich: Bei dem Toten im Park handelt es sich um den verschwundenen Klaus Zenker, unseren verdächtigen Lehrer", unterrichtete Adi den Kollegen. „Die Spusi hat bei dem Toten seine Brieftasche mit seinem Pass gefunden. Deshalb haben wir ihn auch nicht zu Hause angetroffen. Die arme Joggerin ist direkt in ihn reingerannt und hat dabei den Schock ihres Lebens bekommen. Jetzt warten wir auf die Ergebnisse der Gerichtsmedizin, ob es ein Suizid war oder ob eventuell Fremdverschulden vorliegt."

Rüdiger nickte beifällig. „Der Lehrer ist schuldig und jetzt hat er aus Angst vor der Strafe die Konsequenzen gezogen und sich aufgehängt. Somit müssen wir nur noch das Mädchen finden und der Fall ist gelöst. Das nenne ich mal schnelle und effektive Polizeiarbeit."

*

Inzwischen hatten Adi und Sina die Joggerin ein weiteres Mal vernommen. Durch ihre Aussage konnten sie den möglichen Todeszeitpunkt genauer eingrenzen und sie konnten ausschließen, dass die Joggerin mit dem Tod des Lehrers in irgendeiner Verbindung stand.

Eine junge Beamtin informierte Hessberger, dass sich eine Frau Zenker am Empfang gemeldet hätte. „Ich habe sie in den Vernehmungsraum gesetzt. Und eine Kanne Kaffee steht auch schon bereit."

Als Hessberger den Raum betrat, blickte ihn ein Augenpaar angstvoll an. „Was ist mit meinem Mann los?", brach es ohne weitere Einleitung aus ihr heraus. „Er hat garantiert nichts mit der Sache zu tun, wegen der Sie ihn beschuldigen. Gestern Nachmittag bat er mich, mit den Kindern zu meinen Eltern zu fahren, aber ich konnte nicht dort bleiben. Als ich heute Morgen zurückkam, sagte mir eine Nachbarin, dass sie gestern die Polizei bei uns gesehen hätte. Und mein Mann ist spurlos verschwunden. An sein Handy geht er auch nicht."

Hessberger schluckte. Das waren genau die Momente, die er überhaupt nicht mochte.

„Leider muss ich Ihnen mitteilen", setzte er sachte und mit warmer Stimme an, „dass Ihr Mann tot ist. Wahrscheinlich hat er sich in der Nacht das Leben genommen. Es tut mir wirklich sehr leid, Frau Zenker."

„Was?" Die Frau starrte ihn mit aufgerissenen Augen an.

„Wo? Wo ist er gefunden worden?"

„Im Leonhard-Eißnert-Park. Eine Joggerin hat ihn heute Morgen gefunden."

Frau Zenker schlug die Hände vor ihr Gesicht. Schluchzen schüttelte ihren Körper. Plötzlich sprang sie auf.

„Das ist alles Ihre Schuld!", schrie sie Adi ins Gesicht. „Wenn Sie ihn nicht beschuldigt hätten, wäre es niemals dazu gekommen!" Tränen liefen ihre Wangen herunter. Grußlos verließ sie den Raum und schlug die Tür mit großer Wucht hinter sich zu.

„Was war denn das für ein Auftritt?", fragte Salzmann, der sie gerade noch um die Ecke laufen sah. „Die hat man ja durch das ganze Revier schreien hören. Wahrscheinlich war es der Schmerz über den Tod ihres Mannes. Aber vielleicht auch die Erkenntnis, dass er ein ganz anderer Mensch war als der, für den er sich ausgegeben hat."

Adi schüttelte den Kopf. „Nein, Rüdiger, ich glaube immer noch, dass du falsch liegst. Unsere Ermittlungen sollten jetzt nicht einseitig laufen, nur weil du glaubst, der Fall sei schon gelöst."

Salzmann sah ihn fassungslos an. „Dir ist einfach nicht zu helfen. Kannst du dich nicht mal freuen, dass es auch unkomplizierte Fälle gibt?" Er machte eine wegwerfende Geste und ließ Hessberger stehen.

Zu gerne hätte Adi ihm zugestimmt, aber irgendwie konnte er nicht an die Schuld des Lehrers glauben. Kopfschüttelnd ging er zurück an seinen Arbeitsplatz.

*

Mittags saßen Sina Fröhlich und Adi Hessberger am einzigen Tisch im kahlen, grauen Vernehmungsraum. Ihnen gegenüber hatte Rainer Schumann Platz genommen. Dem Abteilungsleiter einer Bank wurde vorgeworfen, mehrere Millionen Euro veruntreut zu haben, indem er das Geld von verschiedenen Konten auf sein privates Konto umgeleitet hatte.

Normalerweise waren sie nicht für diese Art von Verbrechen zuständig, doch Hessberger hatte sich mit einem Kollegen aus einem anderen Kommissariat über aktuelle Fälle ausgetauscht. Dabei hatte der Kollege ihn um Hilfe gebeten. Sie kamen mit dem Verdächtigen keinen Schritt weiter, obwohl die Beweise gegen ihn erdrückend waren. Deshalb sollte Adis Abteilung dem Beschuldigten noch mal auf den Zahn fühlen. Schumann hatte immer wieder beteuert, unschuldig zu sein und nichts mit der Veruntreuung zu tun zu haben.

Adi übernahm sofort die Gesprächsführung. „Herr Schumann, erzählen Sie bitte die Geschichte aus Ihrer Sicht noch einmal von Anfang an. Wenn Sie wollen, dass wir Ihnen helfen, brauchen wir jede noch so kleine Information."

Zunächst stotterte Schumann ein wenig, aber dann fing er sich. „Ich saß an meinem Schreibtisch und prüfte die Abrechnungen des Tages. Als Abteilungsleiter einer mittelständischen Bank gehört das Controlling zu meinen Hauptaufgaben. Dann kam dieser Anruf. Sie glauben nicht, wie oft ich meiner Assistentin schon gesagt habe, dass ich bei so komplexen Sachen nicht gestört werden will. Zwecklos! Ich schaute aufs Display. Oberster Stock! Vorstand! Wenn die sich mal dazu herablassen, unten bei uns anzurufen, dann muss es wirklich wichtig sein. Ich ging ran und wurde hinaufzitiert. Unverzüglich! Ei, ei, ei, das musste ja ganz dringend sein. Ich fuhr also mit einem flauen Gefühl im Magen mit dem Fahrstuhl bis in den 13. Stock, und als ich nach einem kurzen Klopfen den Raum betrat, wusste ich sofort, dass etwas nicht stimmte. Dr. Schröder begrüßte mich mit eisiger Miene. ‚Sie wissen, warum Sie hier sind, Schumann?', raunzte er mich an. Ich war nur in der Lage, den Kopf zu schütteln. ‚Haben Sie geerbt, oder wie sind Sie sonst zu so viel Geld gekommen?', fragte er mich. Ich sagte: ‚Ich weiß nicht, was Sie meinen. Auf meinem Konto geht doch nur das monatliche Gehalt ein, und das war's.' Wortlos reichte mir Schröder einen Auszug. Das war zweifelsohne mein Konto. Der Name und die Kontonummer stimmten überein, auch die letzten Abbuchungen. Aber als ich den Habensaldo sah, verschwammen mir auf einmal die Zahlen vor den Augen. Ich spürte, wie mir fürchterlich schlecht wurde, meine Beine knickten weg und dann verlor ich komplett die Fassung."

„Und Sie können sich wirklich nicht erklären, wie das Geld auf Ihr Konto gekommen ist?" Adi Hessberger schüttelte ungläubig den Kopf.

„Herr Schumann", schaltete sich Sina Fröhlich ein. „Es ist doch nicht von der Hand zu weisen, dass der Bank ein paar Millionen Euro fehlen und der Gesamtbetrag des verschwundenen Geldes sich auf Ihrem privaten Konto wiederfindet. Als Vertrauensperson des Bankvorstands haben Sie die Vollmachten und vor allem die Möglichkeiten, solche Transaktionen durchzuführen. Damit handelt es sich um Untreue nach § 266 StGB: Wer die ihm eingeräumte Befugnis, über fremdes Vermögen zu verfügen, missbraucht und dadurch dem, dessen Vermögensinteressen er zu betreuen hat, Nachteil zufügt, wird mit Freiheitsstrafe bis zu fünf Jahren oder Geldstrafe bestraft. Dazu müssen Sie sich noch nicht einmal bereichert haben. Die Strafandrohung gilt übrigens für jede einzelne Ihrer Transaktionen. Erschwerend kommt hinzu, dass wir auf Ihrem privaten Laufwerk Abrechnungen von Pferdewetten, Online-Poker und weiteren Glücksspielen gefunden haben. Das deutet unserer Meinung nach darauf hin, dass es eventuell Spielschulden gibt, die Sie nicht ausgleichen können."

Trotz Sinas anklagender Worte blieb Schumann ruhig. „Glauben Sie tatsächlich, dass ich es schaffe, unbemerkt Gelder von verschiedenen Konten zu transferieren und im Anschluss so bescheuert bin, das Geld auf mein eigenes Girokonto zu überweisen? Außerdem mache ich mir überhaupt nichts aus Glücksspielen. Ich spiele noch nicht einmal Lotto. Das Einzige, was ich mit Spielen zu tun habe, sind die Spiele des OFC. Die schaue ich mir live oder im Internet an."

*

„Lasst uns beim Essen weitermachen!", schlug Adi den Kollegen vor. „Wollen wir auf einen Happen in die Käsmühl gehen? Ich hätte richtig Lust auf einen Wirtshaus-Fladen, was meint ihr?"

Als sie dort ankamen, erwischten sie nur mit Glück noch einen freien Tisch. Während des Essens diskutierten sie erneut über den Lehrer, der nicht wirklich dem Bild eines Verbrechers entsprach.

Danach unterhielten sie sich noch eine Weile über den OFC, denn Adi konnte einfach nicht aufhören, über seinen Lieblingsverein zu sprechen. „Bin echt gespannt, wie unsere Neuzugänge einschlagen. Das Präsidium hat wirklich alles getan, um endlich Erfolg zu haben. Sogar den Firat haben sie zurückgeholt. Das wird spannend, denn der Junge kann zwar gut kicken, aber er polarisiert die Fans. Viele haben ihm sein Auftreten beim Spiel gegen Bayern Alzenau sehr übel genommen. Jetzt muss er einfach zeigen, dass er sich im OFC-Trikot zerreißt."

Sina wirkte sichtlich genervt: „Können wir vielleicht mal das Thema wechseln? Ihr dümpelt jetzt seit Jahren in der vierten Liga rum und du tust echt so, als bestünde eine Chance, aufzusteigen. Ich geh mal kurz für kleine Mädchen, in der Zeit könnt ihr ja den OFC retten."

Adi schaute ihr erstaunt hinterher, doch Rüdiger hatte die Zeichen der Zeit erkannt und wechselte das Thema. „Sag mal, Adi, hast du eigentlich wieder mal was von Clarissa gehört? Ist sie immer noch in der geschlossenen Anstalt? Du müsstest es doch eigentlich wissen, du hast ihr doch mal ziemlich nahegestanden."

Die beiden hatten nicht bemerkt, dass Sina an der Garderobe direkt hinter ihrem Tisch stehen geblieben war. Sie konnte sich auf das Gehörte keinen Reim machen, aber ihr Argwohn war geweckt. Was hatte es mit Adi und dieser Clarissa auf sich?

Als sie sich einige Minuten später wieder setzte, wollte das Gespräch nicht mehr richtig in Gang kommen. In Sinas Kopf kreisten die Gedanken wie eine Achterbahn. Hatte Adi am Ende etwas mit dieser Clarissa gehabt, während sie selbst zwischen Leben und Tod schwebte? Sie schaffte es gerade noch zu sagen: „Ich geh nur mal kurz an die frische Luft." Als sie außer Sichtweite war, rannte sie los in den angrenzenden Wald hinein. Auf dem Boden vor ihr lag ein Stock. Sie hob ihn auf und drosch mit verzerrten Gesichtszügen wie wild auf die umliegenden Büsche ein, bis sie sich einigermaßen beruhigt hatte …

*

„Wir müssen reden!" Sina stürmte im lang gezogenen Flur des Präsidiums auf Rüdiger Salzmann zu und stellte ihn zur Rede.

„Was ist da gelaufen zwischen Clarissa und Adi?", brüllte sie ihm ins Gesicht. Ihre Augen funkelten.

Salzmann wich einen Schritt zurück, bis er mit dem Rücken an der Wand stand. Trotzdem versuchte er, cool zu bleiben, was ihm nicht gelang. „Ich ... ich, äh .... ich glaube, die beiden haben sich einfach gut verstanden, aber ... aber am einfachsten wäre es, du ... du fragst sie beziehungsweise Adi persönlich."

Mit einer blitzschnellen Bewegung entwand er sich Sinas Zugriff und verschwand in seinem Büro.

„Das ist es!", murmelte Sina. „Ich frage einfach Clarissa, was in dieser Zeit passiert ist. Adi muss es ja überhaupt nicht mitbekommen." Jetzt musste sie nur noch herausfinden, ob Clarissa bereit war, mit ihr zu reden.

*

Steffi Gerber versuchte vorsichtig, ihre Augen zu öffnen, aber die Lider waren schwer wie Blei. Sie hatte rasende Kopfschmerzen und spürte eine unangenehme Kälte, die ihren ganzen Körper umfing. Durch einen kleinen Spalt blinzelnd, konnte sie den Grund erkennen: Sie hatte nichts an. Verzweifelt versuchte sie, sich an irgendetwas zu erinnern, aber es gelang ihr nicht. Plötzlich hörte sie Schritte. Jemand kam langsam auf sie zu und eine Hand berührte ihre Schulter.

DREI

Montag, 27.01.2020, 08.30 Uhr, Polizeipräsidium

Lars Mühlbauer war 24 Jahre alt, fast zwei Meter groß und wog etwa 110 Kilogramm. Der Kriminalkommissar war der neue Kollege, der die Abteilung entlasten sollte und den alle sehnlichst erwartet hatten. Er war vor ein paar Wochen aus Hamburg nach Offenbach gezogen. Mühlbauer war leider kein Kickers-, aber immerhin St.-Pauli-Fan. Diese Mannschaft konnte Hessberger gut leiden, sie war genauso ein Kultclub wie sein OFC. Was Adi weniger gefiel, war, dass Mühlbauer sehr gut aussah und immer wieder Sina musterte.

Adi stellte den Neuen dem Team vor und ging dann sogleich zum Du über, wie es seit jeher im Präsidium üblich war: „Lars, du hast das große Vergnügen, sofort an unserer Morgenbesprechung teilzunehmen, damit du dich möglichst rasch eingewöhnen kannst."

Alle nahmen im Besprechungszimmer Platz und Sina übernahm es, Lars über die aktuellen Fälle und Ermittlungsergebnisse zu informieren. Sie diskutierten den Fall des Lehrers und seinen mutmaßlichen Selbstmord durch Erhängen sehr ausführlich.

Adi wartete immer noch auf die Ergebnisse der Gerichtsmedizin. „Ich bin hundert Prozent der Meinung, dass es sich um Selbstmord handelt. Es gibt keinerlei Hinweise auf Fremdverschulden. Der Tatort, das Seil und auch die Art, wie er am Baum hing, das alles vermittelt das typische Bild eines Selbstmörders. Und es scheint mir auch deshalb logisch, weil ich nicht ernsthaft an seine Schuld glauben kann. Klar, wir haben bei ihm die Nacktfotos gefunden. Wir müssen feststellen, wie die auf seinen Rechner kamen. Vielleicht hat er sie ja nur im Unterricht konfisziert, auf einem USB-Stick oder so. Wie seht ihr die Sache? Aus meiner Sicht konnte er nicht mit dem Makel leben, als Sexualtäter beschuldigt zu werden, zumal er ja genau wusste, dass er nicht in diese schmutzige Angelegenheit verwickelt war." Seine Kollegen nickten zustimmend. „Eine abschließende Bewertung des Falls können wir allerdings erst vornehmen, wenn die Obduktion vorliegt. Deshalb gilt: Erste Priorität liegt darauf, schnellstmöglich die verschwundene Steffi Gerber zu finden. Wie sieht es denn eigentlich mit ihrem Umfeld aus?"

„Die junge Frau wohnt alleine", berichtete Salzmann. „Sie hat keinen Freund."

„Schade, er hätte uns bei einer Vernehmung vielleicht noch ein paar pikante Details liefern können."

„Richtig. Auch von ihren Eltern werden wir nichts erfahren, sie sind vor zwei Jahren ums Leben gekommen. Und Geschwister hat Frau Gerber auch nicht."

Adi beauftragte Lars, den neuen Kollegen, Freunde und Freundinnen des Mädchens zu befragen und alle Möglichkeiten des Presseapparats auszuschöpfen. „Ich möchte, dass Radiosender und Zeitungen uns bei der Suche helfen. Wir werden Belohnungen ausloben für jeden sachdienlichen Hinweis. Die Technikabteilung soll versuchen, das Handy zu orten."

Sina wollte noch einmal von Frau zu Frau mit der Gattin des Toten sprechen. Rüdiger Salzmann bot sich an, die Sichtung des Computers zu übernehmen, den sie in der Wohnung gefunden hatten.

Danach ging es um den Fall des Abteilungsleiters der Bank, dem die Beamten keine hohe Priorität einräumten, da die Beweislage ziemlich eindeutig schien.

Zudem kamen noch einige ältere Fälle, die auf den Schreibtischen der Beamten lagen, zur Sprache. Die neue Luxusresidenz namens „Seerosenweiher" hatte vor einigen Monaten gebrannt und es gab Hinweise auf Brandstiftung. Ein anderer Vorfall, der Hessberger intensiv beschäftigte, hatte sich vor einem halben Jahr ereignet. Im Oktober 2019 hatte ein Telefon- und Computerausfall das Polizeipräsidium in Offenbach lahmgelegt. Die Zentrale war nur über Handys zu erreichen gewesen und Notrufe mussten auf die Leitstelle in Frankfurt umgeleitet werden. Erst am Abend war die Anlage wieder einsatzfähig gewesen. Hessberger hatte ernsthafte Bedenken, dass es vielleicht jemand auf die polizeilichen Daten abgesehen hatte. Die Anlage war zwar inzwischen mehrfach ohne Ergebnis überprüft worden, doch er war nicht der Typ, der an Zufälle glaubte.

Alle diese Fälle spiegelten den normalen Polizeialltag wider, ganz im Gegensatz zu den krassen Vorfällen, die das komplette Polizeipräsidium Südosthessen zuvor monatelang in Atem gehalten hatten.

Auch wenn das große Prickeln fehlte, das sich nur bei wirklich außergewöhnlichen Verbrechen einstellen wollte, gingen sämtliche Kollegen des Teams mit Feuereifer an die Arbeit, insbesondere die bislang erfolglose Suche nach Steffi Gerber bereitete ihnen Kopfzerbrechen und hinterließ ein flaues Gefühl im Magen.

VIER

Lehrer Zenker hatte auf seinem Rechner mehrere Ordner mit freizügigen Bildern von Steffi Gerber, aber auch von einem anderen Mädchen angelegt. Rüdiger Salzmann stand von seinem Schreibtischstuhl auf, ging zur Tür seines Büros und schloss sie. Das tat er nur sehr selten, aber schon bei der ersten schnellen Sichtung des Materials hatte er festgestellt, dass es viele Bilder zu überprüfen gab, bei denen man besser im geschlossenen Raum agierte.

Er wunderte sich darüber, wie die Ordner benannt waren. Es wirkte, als habe Steffi die Ordner selbst beschriftet nach dem Muster: „Steffi/privateBilder/12/2018". Und es gab für jeden Monat einen neuen Ordner.

Die Bilder wirkten fast alle, als seien sie von einem professionellen Fotografen erstellt worden. Hatte Steffi die Bilder etwa selbst gemacht oder machen lassen und sie dann Klaus Zenker gegeben? Oder hatte der Lehrer die Bilder aufgenommen? Hatte er das Mädchen dazu gezwungen? Gegen Letzteres sprach die Tatsache, dass das Mädchen für den Fotografen zu posieren schien und dass sich auch etliche offensichtliche Selfies unter den Fotos befanden.

Irgendwie wurde Salzmann daraus nicht schlau. Vielleicht hatte Adi doch nicht ganz unrecht. Vielleicht handelte es sich um eine Beziehung zwischen Lehrer und Schülerin. Da Steffi Gerber volljährig war, wäre dies zumindest nicht strafbar gewesen. Die Fahndung nach ihr lief immer noch auf Hochtouren. Die Zeitungen berichteten fast täglich über das verschwundene Mädchen, viele Radiosender waren eingebunden und verfügbare Polizisten gingen in einem großen Radius rund um den Offenbacher Schlachthof von Haus zu Haus und befragten die Anwohner.

Das Mädchen war nun bereits seit sechs Tagen verschwunden ...

*

Sina Fröhlich hatte zwar kein gutes Gefühl dabei, nach Oberursel zu fahren, aber sie wollte endlich Gewissheit haben. Die Klinik Hohe Mark war unter anderem dafür bekannt, Depressionen und Traumafolgestörungen zu behandeln.

An diesem Ort versuchte die Gerichtsmedizinerin Clarissa Wegner, die schlimmen Folgen einer brutalen Vergewaltigung durch einen Serienmörder zu überwinden. Mehr tot als lebendig war sie damals am Ufer des Mains aufgefunden worden. Dass sie überhaupt überlebt hatte, grenzte an ein Wunder. Das Ganze hatte sich im Mai 2019 ereignet, seitdem wurde Clarissa in unterschiedlichen Kliniken behandelt.

Sina war ziemlich angespannt, sie wusste überhaupt nicht, wie sie das Gespräch beginnen sollte. Im Prinzip wollte sie sich einfach als Kollegin ausgeben, doch vielleicht hatte Adi ja von ihr erzählt und Clarissa wusste Bescheid über die damals beginnende Beziehung. Vielleicht war es besser, einfach wieder umzukehren. Doch schließlich gab sie sich einen Ruck und ging Richtung Fahrstuhl. Bevor sie einstieg, kaufte sie am Klinik-Kiosk eine Illustrierte.

Clarissa Wegner hatte ein Einzelzimmer. Auf Sinas Klopfen folgte ein leises „Herein".

Sina steckte den Kopf durch die Tür. „Hallo Frau Wegner. Mein Name ist Sina Fröhlich. Ich bin eine Kollegin von Adi Hessberger. Darf ich reinkommen?"

Clarissa setzte sich im Bett auf. „Oh, ich bekomme nicht oft Besuch ... Aber gerne."

Sina betrat das Zimmer und schaute sich um. Der Raum war etwas größer, als sie ihn sich vorgestellt hatte. Die Wände waren in einem warmen Braunton gestrichen. Neben dem Bett gab es einen kleinen Besuchertisch mit zwei Stühlen, eine Stereoanlage und einen großen Fernseher. Im hinteren Bereich schloss sich ein großes, hell gefliestes Badezimmer an.

„Schön haben Sie es hier."

„Wollen wir uns nicht duzen?"

„Natürlich, gern, ich bin Sina."

„Clarissa. Was führt dich zu mir? Äh, wenn du magst ... Es gibt Kaffee und Tee für Besucher auf dem Gang. Ich würde auch eine Tasse Kaffee nehmen."

Mit zwei Bechern und einer Ladung Zuckertüten kam Sina wieder zurück. Mittlerweile lag die Patientin nicht mehr im Bett, sondern hatte sich an den kleinen Tisch gesetzt. „Wie geht es Adi und seinen Kollegen?"

Sina überlegte, wie sie am besten anfangen sollte. „Adi geht es gut. Im Prinzip redet er den ganzen Tag nur über den OFC, ja, und Rüdiger hat ein paar Kilo zugenommen."

„Und der Rest, der vom damaligen Team übrig geblieben ist?"

Sina legte ihr die Hand auf den Arm und sagte mit beruhigender Stimme. „Allen geht's gut, auch wenn sie permanent überlastet sind. Aber gestern hat schon ein neuer Kollege angefangen."

„Wenn ich nur ans Präsidium denke, fange ich schon wieder an zu zittern."

„Sollen wir lieber über etwas anderes sprechen? Ich möchte nicht, dass du dich aufregst."

Doch Clarissa wollte unbedingt über die Geschehnisse von damals sprechen. „Es ist einfach schlimm, dass ich manche

Dinge nur vom Hörensagen kenne, und die eigene Erinnerung spielt mir manchmal Streiche. Mein Psychologe nennt es den körperlichen Schutzschild, der verhindert, dass ich verrückt werde. Doch diese Geschehnisse sind ein Teil meines Lebens, auch wenn ich mir wünschte, dass dieser grausame Teil nie stattgefunden hätte. Wie wäre es, wenn du mir erzählst, was sich ereignet hat, während ich in der Klinik lag? Im Gegenzug berichte ich über die Zeit, als du im Koma lagst."

Sina konnte kaum glauben, dass sie so schnell zum Ziel gekommen war. Clarissa war erschüttert, als ihr Sina den ganzen Umfang der Mordserie vor Augen führte – die perfide Inszenierung und das Katz-und-Maus-Spiel der Mörder mit der Polizei. Clarissa war froh, dass wenigstens ein paar Kommissare der Abteilung überlebt hatten, vor allem freute sie sich, dass es Adi Hessberger gut ging. Tränen schlichen sich aus ihren Augen, was Sina natürlich nicht entging.

„Hattest du eigentlich was mit Adi?", fragte sie ganz direkt.

„Wir hatten eine kurze, aber heftige Affäre. Adi ist ein toller Mann und ich glaube, viele Frauen sehen das genauso."

Sina versuchte, sich nichts anmerken zu lassen, als sie weiterbohrte. „Warum bist du nicht bei ihm geblieben, wenn es so gut lief?"

„Adi macht einfach sein Ding. Als ich eine Nacht bei ihm verbracht hatte, stand er morgens auf und meinte, ich könne so lange liegen bleiben, wie ich wollte, aber er würde jetzt zu einem Fußballspiel gehen, und dann war er auch schon verschwunden. Nie zuvor hat mich ein Mann in dieser Form einfach stehen lassen, außerdem habe ich kurze Zeit später gemerkt, dass er eine Andere liebt – und zwar dich! Mir war völlig klar, dass ich gegen dich und den OFC keinerlei Chancen habe. Ich hoffe jetzt, dass du mich nicht hasst, weil ich dir reinen Wein eingeschenkt habe, aber irgendwann wäre die Wahrheit sowieso ans Licht gekommen."

Sina versuchte krampfhaft, sich zusammenzureißen. „Ich kann dich verstehen." Sie seufzte. „Du hast natürlich recht: Adi ist echt ein toller Typ, wahrscheinlich hat er nicht mehr daran geglaubt, dass ich jemals wieder aus dem Koma erwachen würde." Sie stand auf. „Aber jetzt habe ich dich lange genug drangsaliert. Ich hoffe, dass es dir bald besser geht." Sie nahm ihren Mantel, drückte Clarissa die Hand und verließ fluchtartig das Zimmer.

Niemand sollte die Tränen sehen, die ihr unaufhaltsam über die Wangen liefen …

FÜNF

Dienstag, 28.01.2020, 10.30 Uhr, Polizeipräsidium

Jetzt war es also raus: Während sie im Koma lag, hatte Adi sich mit Clarissa vergnügt. Sina hatte die ganze Nacht kein Auge zugetan, so sehr hatte das Gespräch mit Clarissa sie aufgewühlt. Ihre Enttäuschung über Adis Vertrauensbruch war grenzenlos. Sie bekam die Bilder der beiden einfach nicht aus dem Kopf. Aber sie versuchte, sich zusammenzureißen. Sie musste sich jetzt wieder auf ihre Arbeit konzentrieren und vor allem entscheiden, ob sie mit Adi über die Sache sprechen sollte. Doch noch war es zu früh dafür. Sie fühlte sich nicht in der Lage dazu, ohne sofort in Tränen auszubrechen. Unruhig schaute sie auf die Uhr. Um 11 hatte Adi eine Besprechung angesetzt. Eines wollte sie unbedingt vermeiden: Die Kollegen sollten keinesfalls merken, dass etwas nicht in Ordnung war.

Als sie in den Raum kam, saßen Mühlbauer, Salzmann und Hessberger schon vor den Flipcharts. Salzmann war gerade im Begriff, die Kollegen über die Auswertungsergebnisse zu dem Bildmaterial zu informieren, das er auf dem Computer des Lehrers gesichtet hatte.

„Du hast mit dem Lehrer übrigens was gemeinsam, Adi", begann er grinsend. „Laut seiner Browserchronik ist er viel auf OFC-Seiten unterwegs." Dann kam er zum Thema und präsentierte ihnen seine These, dass ein Großteil der Dateien offensichtlich vom vermeintlichen Opfer selbst stamme. „Alles erweckt den Anschein, als hätte Zenker diese Bilder mit dem Einverständnis von Frau Gerber bekommen. Oder aber er hat sie widerrechtlich in seinen Besitz gebracht. Um Genaueres sagen zu können, müssten wir den Computer des Mädchens untersuchen. Ich habe mir bereits von Staatsanwalt Harald Brand einen Durchsuchungsbefehl für die Wohnung besorgt."

„Prima", lobte Adi. „Vielleicht findest du auf Frau Gerbers PC die Antworten, die uns noch fehlen. Am besten fährst du nachher gleich Richtung Schlachthof und erledigst das. Er dachte nach. „Ich denke, Zenkers Lehrerkollegen könnten eine gute Quelle sein. Insbesondere diejenigen, die Steffi Gerber unterrichtet haben."

„Gute Idee, Adi! Aber ich brauche sicher länger", sagte Salzmann. „Warum befragst du nicht das Kollegium des Albert-Schweitzer-Gymnasiums? Hör dich um! Vielleicht steckt ein Mitschüler mit drin oder es gibt weitere Mädchen, die belästigt wurden."

*

Nach dem Meeting hatten sich Sina und der neue Kollege auf den Weg zum Bankangestellten Reiner Schumann in der Lindenstraße gemacht. Sina war erstaunt, als sie vor dem Haus standen. „Was ist denn das für ne kleine Hütte?"

„Also ehrlich gesagt hatte ich mir auch eher eine Villa vorgestellt", antwortete Lars, „der war doch Abteilungsleiter, oder?"

„Hier stimmt irgendwas nicht." Sina klingelte. Frau Schumann öffnete ihnen die Tür, eine adrette Frau Anfang vierzig mit Lachfältchen und gewelltem blonden Haar. Sie schaute die beiden fragend an.

„Kriminalhauptkommissarin Fröhlich, das ist mein Kollege, Kriminalkommissar Mühlbauer. Dürfen wir kurz hereinkommen?"

Die Dame des Hauses wirkte ziemlich gefasst und beantwortete ohne Zögern die Fragen der Beamten. „Mein Mann würde niemals auch nur einen Cent nehmen, der ihm nicht gehört. Er ist schon viele Jahre bei seinem Arbeitgeber und hat sich nie etwas zuschulden kommen lassen."

„Leider ist es nun einmal eine Tatsache, dass sich auf dem privaten Konto Ihres Mannes sieben Millionen Euro befinden, die nachweislich von diversen Kundenkonten der Bank kommen. Können Sie sich das erklären?"

„Nein", kam es wie aus der Pistole geschossen. Frau Schumann wirkte konsterniert.

„Wie stellt sich denn Ihre augenblickliche finanzielle Situation dar? Haben Sie Kredite, Außenstände oder unbezahlte Rechnungen?", fragte Sina.

Frau Schumann schüttelte den Kopf. „Uns ging es nicht schlecht, aber Reichtümer konnten wir nicht anhäufen. Es hat bisher immer gereicht, um in den Urlaub zu fahren und keine Schulden zu machen, das war meinem Mann sehr wichtig."

„Wir müssten uns den Computer Ihres Mannes ansehen. Eigentlich bräuchten wir dafür einen Durchsuchungsbeschluss", übernahm Mühlbauer die Initiative, dem es nicht schnell genug voranging.

Doch nun legte sich bei Frau Schumann ein Schalter um: „Bitte gehen Sie jetzt", forderte sie mit Nachdruck. „Und falls Sie weitere Fragen haben: Hier ist die Karte unseres Anwalts." Sie drückte dem verdutzten Mühlbauer eine Visitenkarte in die Hand und schob beide Richtung Haustür.

„Na, das hast du ja prima hinbekommen", sagte Sina, als sie wieder auf der Straße standen. „Ich versuche gerade, ein Vertrauensverhältnis mit der Frau unseres Verdächtigen aufzubauen, da kommst du wie die Axt im Walde daher. Jetzt bekommen wir keine Informationen mehr, ohne den Anwalt einzubinden." Sina verschränkte die Arme vor der Brust und schaute ihn herausfordernd an.

Doch Mühlbauer grinste sie lausbubenhaft an und meinte: „Weißt du eigentlich, wie süß du aussiehst, wenn du dich ärgerst?"

*

Albert war noch immer geschockt von der Botschaft, die am Schwarzen Brett in seiner Wohnanlage hing. Es konnte und vor allem es durfte niemand etwas von seiner Vergangenheit wissen. Nach der halben Flasche Asbach am gestrigen Abend brauchte er heute dringend frische Luft, um klar denken zu können. Eine Runde um den Block würde ihm auf jeden Fall guttun.

Nachdem er ein paar Schritte gegangen war, zuckte er unwillkürlich zurück.

Er stand vor einer Litfaßsäule und war wie vom Donner gerührt. Denn er schaute in sein Gesicht. Da prangte sein Bild. Darunter stand: „Tod dem Kinderschänder!"

Er fing augenblicklich an zu zittern. Es war wie in einem Albtraum. All seine Pläne, hier in Offenbach wieder von vorne anfangen zu können, lösten sich in Wohlgefallen auf. Vor seinen Augen liefen wie in einem Film abstruse Bilder ab: Eine Gruppe Männer in Kapuzenpullis und mit Baseballschlägern bewaffnet verfolgte ihn, bis sie ihn schließlich einholten und umzingelten. Der erste Schlag traf ihn im Magen, der nächste brach ihm den rechten Oberarm ...

Adi fuhr nicht in die Waldstraße, an der die Albert-Schweitzer-Schule lag, sondern die Bieberer Straße hinauf, am Lidl-Markt vorbei bis zur Höhe des Sparda-Bank-Hessen-Stadions und parkte direkt vor dem OFC-Fanshop. Als er ausstieg, atmete er tief ein und meinte, die Atmosphäre eines Spieltags zu spüren.

Vor dem Shop gab es ein paar rot-weiße Schalensitze. Er setzte sich trotz der Kälte hin. Ihm schwirrten viele Gedanken durch den Kopf, die sich zum größten Teil um Sina drehten. Was hatten sie nicht schon alles gemeinsam durchgemacht und doch drifteten sie im Augenblick immer weiter auseinander. Er hatte keinen Schimmer, wie er sich verhalten sollte. Also gab er sich alle Mühe, diese Dinge zu verdrängen und an etwas Positives zu denken, doch auch seine andere Liebe, der OFC, machte ihm große Sorgen. Statt um den Aufstieg spielte er jetzt gegen den Abstieg. Ein Talent aus der eigenen Jugend sollte langfristig an den Verein gebunden werden, doch der Spieler hatte ein Angebot von Waldhof vorgezogen – ausgerechnet nach Mannheim, das war für die treuen Fans nicht nachzuvollziehen. Und ein verheißungsvoller Kandidat für die Startelf, einer der Neuzugänge aus der Winterpause, Maurice Pluntke, hatte sich im Training am Knie verletzt und würde voraussichtlich drei bis vier Monate ausfallen.

Die miese Gesamtsituation wirkte sich unmittelbar auf die Stimmung der Fanszene aus. Es gab immer wieder bösartige Kommentare und das stimmte ihn sehr traurig.

Nachdem Adi noch eine Weile in der Kälte gesessen hatte, raffte er sich endlich auf und fuhr direkt ins Albert-Schweitzer-Gymnasium. Dort sprach er mit mehreren Lehrkräften und einigen Schülern über das verschwundene Mädchen. Niemand machte auch nur Andeutungen, dass möglicherweise mehr zwischen der Schülerin und ihrem Lehrer war, doch dann sprach Hessberger mit einer Freundin von Steffi Gerber.

„Andrea, ich darf doch du sagen? Es ist wichtig, dass wir alle Informationen über Steffi zusammentragen. Da draußen ist deine Freundin vielleicht irgendeinem Perversling ausgeliefert und jetzt braucht sie deine Hilfe, also sag uns alles, was du weißt." Adi übte gleich von Anfang an Druck auf das Mädchen aus, weil er keine Lust hatte, kostbare Zeit zu vertrödeln.

Erst druckste sie ein wenig herum, dann erzählte sie ihm endlich von den Nacktfotos. „Steffi und ich wollten in einem Erotikfilm mitspielen, deshalb haben wir uns gegenseitig fotografiert und gefilmt. Ich hab das Material schon an verschiedene Produzenten geschickt, aber bisher ohne Resonanz. Natürlich wollten wir das alles geheim halten, weil wirklich niemand davon wissen durfte – das haben wir uns geschworen." Andrea konnte sich nicht erklären, wie ihr Lehrer an diese Bilder gelangen konnte. Es wurde immer dubioser.

*

Kriminalhauptkommissar Rüdiger Salzmann parkte am REWE-Markt in der Buchhügelallee. Von hier waren es nur ein paar Schritte bis zum alten Schlachthof. Er hatte überlegt, einen Schlüsseldienst zu organisieren, doch das erwies sich als unnötig. Die Wohnungstür von Steffi Gerber war nur angelehnt. Salzmann zog seine Dienstwaffe und bewegte sich vorsichtig durch den Flur.

Im Fernsehen sah das immer so einfach aus: Ein ganzes Team durchsuchte mit gezückten Waffen das Haus und von allen Seiten hörte man die Kollegen rufen: „Gesichert!" Doch in der Realität mussten sie sich oft aufteilen und manchmal, wie heute, war er auf sich alleine gestellt.

Salzmann warf einen Blick ins Wohnzimmer. „Meine Fresse", entfuhr es ihm, „da war einer schneller als ich."

Der Raum war von vorne bis hinten verwüstet. Regale lagen am Boden, der Teppich war übersät mit allerlei Krimskrams, der aus den offenen Schubladen stammte. Hier hatte jemand ganze Arbeit geleistet. Aber nach was hatte dieser Jemand gesucht?

Dienstag, 28.01.2020, 15.10 Uhr, Polizeipräsidium

Die Beamten trafen nacheinander im Präsidium ein und vereinbarten ein Meeting im Besprechungsraum. Als alle anwesend waren, berichtete Sina, die sich inzwischen wieder beruhigt hatte, als Erste. „Laut Frau Schumann hat ihr Mann nichts mit der Unterschlagung zu tun."

„Und, glaubst du ihr?" Adi schaute Sina direkt an, als wolle er die Antwort an ihrem Gesicht ablesen.

„Sie wirkte auf jeden Fall sehr überzeugend. Auch sonst gibt es keine Anzeichen dafür. Alle Nachbarn halten das Ehepaar für grundsolide, es gibt keine Auffälligkeiten. Sie sehen das Paar eher als Spießer, die viel Wert darauf legen, was die Nachbarn über sie denken."

Dann fing Rüdiger Salzmann an zu berichten. „Ich habe die Spurensicherung in Steffi Gerbers Wohnung geschickt. Einbruchsdelikt. Alles komplett verwüstet. Laptop Fehlanzeige.

Sie werden sich sofort bei mir melden, wenn sie etwas finden. Dieser Fall wird immer mysteriöser: Das Mädchen verschwunden, der unter Tatverdacht stehende Lehrer erhängt und jetzt bricht noch jemand in die Wohnung des vermissten Mädchens ein und räumt wohl sämtliche ermittlungsrelevanten Unterlagen ab. Wir müssen jetzt die Ergebnisse der Spusi abwarten, das kann aber nicht mehr allzu lange dauern."

Hessberger nickte zustimmend und berichtete von seinen Erkenntnissen aus der Schule. „Laut Aussage von Andrea, der Freundin von Steffi Gerber, wussten nur die beiden von den Bildern. Offenbar gab es auch keine Beziehung zu unserem toten Lehrer. Doch wie ist der in den Besitz der Bilder gelangt?"

Zum ersten Mal ergriff nun Lars Mühlbauer das Wort in der Runde. „Warum gehen wir eigentlich davon aus, dass Steffi Gerber ihrer Freundin alles erzählt hat? Vielleicht war es ihr total unangenehm, darüber zu sprechen, und sie hatte tatsächlich ein geheimes Verhältnis mit diesem Zenker. Das würde erklären, wie er zu den Fotos gekommen ist. Vielleicht hat Steffi dem Lehrer auch Zugriff zu den Fotos gewährt, um im Gegenzug bessere Noten zu erhalten. Wäre ja immerhin denkbar, oder nicht?"

Hessberger schaute in die Runde und meinte: „Wir müssen in diesem Fall alle Möglichkeiten in Betracht ziehen, da gebe ich Lars durchaus recht. Vielleicht sind die Bilder auch auf andere Weise in Umlauf geraten: durch Bekannte oder Freunde der Mädchen, die gewollt oder ungewollt Zugriff auf die Bilder hatten – ein versehentlich stecken gebliebener USB-Stick, die Versendung von Bilddateien an einen falschen Empfänger ..."

Adi verstummte. Es schien, als würde er in sich gehen, um die Geschehnisse der letzten Zeit einordnen zu können. Dann sagte er zögernd: „Ich habe ein eigenartiges Gefühl, hier geht etwas Sonderbares vor. Und das betrifft nicht nur den Lehrer, sondern auch den Banker in unserem anderen Fall. Genau wie bei dem Lehrer kann ich mir kaum vorstellen, dass sich ein Banker so blöd anstellt. Der hatte alle Möglichkeiten, das Geld verschwinden zu lassen, und dann verhält er sich wie ein Volldepp? Zwei scheinbar vollkommen unterschiedliche Fälle, die in keiner Weise zusammenhängen. Beide Fälle so unkompliziert und doch so konstruiert! Die Täter wurden uns auf dem Silbertablett serviert, aber die entscheidende Frage ist doch: von wem?"

SECHS

Mittwoch, 29.01.2020, 6.30 Uhr, Landgrafenring

Almut Schröck ging wie jeden Morgen durch die kleine Park-
promenade. Sie liebte es, zu dieser frühen Morgenstunde spa-
zieren zu gehen. Obwohl es noch ziemlich dunkel war, meinte
sie, im schwachen Licht der Straßenbeleuchtung jenseits des
Parks etwas liegen zu sehen. Wahrscheinlich wieder so ein
Idiot, der seinen Müll im Gebüsch abgeladen hatte. Die Neugier zog sie magisch zu dieser Stelle hin. Damit sie genauer
erkennen konnte, um was es sich handelte, beugte sie sich
nach vorn. Dabei rutschte sie auf dem feuchten Gras aus,
kippte vornüber und landete im Gebüsch. Als sie sich langsam wieder aufrappelte, schaute sie fassungslos ihre Hände
an. Alles war voller Blut ...

7.45 Uhr, Polizeipräsidium

Adi hatte einen Brummschädel. Gestern war es spät geworden. Zuerst war er noch bei seinem Friseur-Salon Euler in
Mühlheim gewesen, um sich mal wieder eine tageslichttaugli-
che Frisur zuzulegen, und hatte dort mit dem Friseur ge-
quatscht.

„Hörst dich aber nicht gut an", hatte Rüdiger Euler gesagt,
„läuft's nicht bei dir?"

„Drei merkwürdige Fälle auf einmal und dann ist da noch die Sache mit ... Sina."

„Wieso? Ihr seid doch bis über beide Ohren verliebt – dachte ich jedenfalls."

„Ich auch, aber ... Ach, ich weiß auch nicht, sie ist manchmal ... Sie will nicht zu mir ziehen, manchmal ist sie fast schon abweisend, keine Ahnung, was mit ihr los ist."

„Vielleicht braucht sie einfach etwas Zeit, sie hat ja einiges durchgemacht. Weißt du was, wir gehen einfach noch was trinken und dann kommst du auch wieder auf andere Gedanken."

Rüdiger war auch ein prima Kickers-Fan. Adi hatte sich über seinen Vorschlag gefreut. Gemeinsam mit Wolfgang Stock vom Mühlheimer Buchladen hatten sie die Bierqualität in der *Steffs Lounge* getestet. Von dort war Adi erst gegen Mitternacht mit dem Taxi nach Hause gefahren. Eigentlich hatte er schon um 22.00 Uhr Schluss machen wollen, aber dann war Steffen Waitz, der Inhaber, noch auf einen Plausch an ihren Tisch gekommen. Die Männer hatten so viel Spaß, dass die Zeit wie im Flug verging.

Adi wusste, dass es spät werden würde, als Rüdiger Euler anfing, Witze zu erzählen. „Also passt auf: Kommt ein Eintracht-Fan in eine Kickers-Kneipe und setzt sich an den Tresen." Adi konnte schon jetzt nicht mehr an sich halten und fing an zu lachen. Rüdiger versuchte es weiter. „Kommt der etwa zwei Meter große Wirt mit einem Becher und knallt ihn auf die Tischplatte. ‚Würfeln!', befiehlt er dem Eintracht-Fan. Der schaut ihn fragend an. ‚Und was passiert, wenn ich eine Eins würfel?' ‚Dann gibt's aufs Maul.' ‚Und bei einer Zwei?' ‚Aufs Maul.' ‚Bei einer Drei, Vier oder Fünf?' ‚Voll aufs Maul.' Stotternd fragt der Fan von der anderen Mainseite: ‚Und bei ner Sechs?' ‚Dann darfst du noch mal würfeln.'" Adi japste: „Noch mal würfeln, ich hau mich weg!" Er wusste nicht, ob es an der Qualität des Witzes oder dem reichlichen Genuss von Steffens Bier lag, aber er kam aus dem Kichern nicht mehr heraus. So hatte sich der geplante Aufbruch um weitere zwei Stunden verzögert.

Jetzt freute er sich auf einen starken Kaffee und einen leichenfreien Bürotag. Bevor er sich sein geliebtes Heißgetränk holen konnte, stürmte schon Rüdiger Salzmann in sein Büro. „Morgen, Adi, zieh dir gleich wieder die Jacke an, wir müssen zu einem Tatort. Im Landgrafenring haben sie in einem Gebüsch einen Mann gefunden. Sieht ziemlich schlimm aus, aber der Arzt des Sana-Klinikums konnte uns noch nichts Genaues sagen. Auf jeden Fall wurde er brutal zusammengeschlagen, weshalb seine Vernehmung noch nicht möglich ist."

Auf dem Weg zum Landgrafenring, der um die Ecke von Hessbergers Wohnung lag, fuhren sie am neuen Polizeipräsidium vorbei, dessen Fertigstellung für Mai 2021 geplant war. Das Gebäude war imposant. Mit dem Einzug beabsichtigte die Polizeidirektion, einige kleinere Reviere zu schließen. Bei den Bürgern jedoch stieß das Vorhaben auf Skepsis. Einige hatten Angst, dass es dann keine ausreichende Polizeipräsenz in der Offenbacher Innenstadt mehr geben würde. Adi liebte seinen aktuellen Arbeitsplatz und konnte sich noch nicht an den Gedanken gewöhnen, in absehbarer Zeit umziehen zu müssen. Obwohl er dann von seiner Wohnung zum neuen Präsidium laufen konnte: am REWE-Markt, der Stars-Lounge, die wegen Umbaus und Pächterwechsel geschlossen war, und dem Geflügelhof Erlenbruch vorbei. Er war froh, dass bis dahin noch über ein Jahr vergehen würde.

Sie bogen von der Rhönstraße links ab in den Lichtenplattenweg und fuhren an der Buchhügelapotheke vorbei bis zum Ende der Straße. Kurz vor der Bushaltestelle fanden sie einen Parkplatz. Von hier waren es keine hundert Meter bis zum Tatort.

Mehrere Kollegen waren bereits vor Ort. Rüdiger ging auf sie zu. „Hallo Jungs, was könnt ihr uns schon sagen?"

„Na, hat die Kriminalpolizei wieder mal ihre Top-Ermittler geschickt?", frotzelte einer der Beamten. „Aber mal im Ernst, unser Opfer wurde brutal zusammengeschlagen. So wie es aussieht, hat man ihn anschließend hier ins Gebüsch geschleift. Dort hat er besinnungslos gelegen, bis ihn heute Morgen eine Spaziergängerin gefunden hat. Wir haben die Personalien der Frau aufgenommen. Die ist ziemlich durch den Wind. Ein anderer Passant hat sie hysterisch schreiend neben dem Opfer liegend vorgefunden und sofort die Polizei informiert. Der Mann wird im Sana-Klinikum behandelt und ist noch nicht ansprechbar. Ich schicke euch den Bericht rüber, sobald wir hier fertig sind."

„Vielen Dank erst mal." Hessberger sah sich den Tatort genauer an. Er kannte die Gegend wie seine Westentasche, und das bereitete ihm Sorgen. Es gab hier die Straße, die an den Park grenzte, einen Einkaufsmarkt, zwei große Hochhäuser, die ihre Schatten direkt auf den Tatort warfen, einen Bankautomaten der Raiffeisenbank und einige Häuser auf der anderen Seite des Landgrafenrings. Von allen diesen Punkten konnte jemand etwas gesehen haben, aber nicht jeder war erpicht darauf, mit der Polizei zu sprechen. Das würde ein Befragungsmarathon werden. Allein die Befragungen in den beiden Hochhäusern würden eine Hundertschaft beschäftigen.

In diesem Moment klingelte Adis Handy. Sinas Nummer.

„Hallo Liebes", begrüßte er sie.

„Wie schaut's bei euch aus?"

„Wir fahren gleich ins Krankenhaus, vielleicht können wir dem Opfer was entlocken. Und bei dir?"

„Genau um ihn geht's. Unser Opfer ist kein unbeschriebenes Blatt. Er hat einige Jahre eingesessen wegen des Besitzes und Vertriebs von Kinderpornografie in besonders schweren Fällen. Man konnte es ihm nicht nachweisen, aber die Beamten haben damals in seiner Akte vermerkt, dass es sich aus ihrer Sicht um einen Kinderschänder handelt. Obwohl es dafür zwar Anhaltspunkte, aber keine stichhaltigen Beweise gab. Er wohnt seit einer Weile in Offenbach, in der Nähe der Bachschule. Falls ich noch weitere Informationen finde, melde ich mich bei euch. Fahrt ihr jetzt direkt ins Sana?"

„Ja. Danke für deine schnelle Unterstützung."

*

Salzmann fuhr durch den Starkenburgring und bog in die Einfahrt des Klinikums ab. Er parkte auf einem der Kurzzeitparkplätze und hoffte, dass die private Betreibergesellschaft es nicht wagen würde, ein Polizeifahrzeug abschleppen zu lassen.

Auf der Station trafen sie einen alten Bekannten von einem der letzten Fälle. „Die Herren von der Kriminalpolizei wieder mal auf Ermittlungstour durch unser Krankenhaus. Ich hoffe nicht, dass es dabei wieder Verwüstungen und Tote geben wird wie beim letzten Mal", meinte Dr. Voigt mit einem süffisanten Lächeln.

Hessberger ließ sich von dem Oberarzt nicht aus der Fassung bringen. „Ich dachte nicht, dass jeder Tote einen Arzt gleich aus der Bahn wirft. Deshalb: Augen auf bei der Berufswahl! Aber genug geplänkelt, ist der verprügelte Neuzugang schon vernehmungsfähig?"

Voigt ging voran. „Er ist zwar erst vor ein paar Minuten aufgewacht, aber ich würde einer Befragung zustimmen. Einer kurzen! Aus diesem Grund werde ich besser dabeibleiben."

Albert trug einen Kopfverband, hatte einen Arm und ein Bein in Gips und einige Platzwunden, die sein Gesicht verunstalteten. Die Vernehmung ging etwas stockend voran, da ihm auch einige Zähne fehlten. Er berichtete von der Nachricht am Schwarzen Brett seines Mietshauses und dem Plakat an der Litfaßsäule, direkt vor dem Bankautomaten. Die Täter konnte er nicht beschreiben, weil sie alle Kapuzenpullis trugen und sich die Kapuzen ins Gesicht gezogen hatten. Es waren mindestens vier Männer gewesen, vielleicht auch fünf. Irgendwie sei ihm der Unfall nicht real vorgekommen, bis ihm ein Baseballschläger seinen Arm zertrümmerte.

Dass es immer Menschen gab, die bei Kinderschändern krass reagierten, lag für Adi auf der Hand, doch woher hatten die Kapuzenjungs gewusst, dass Albert einer war? Hatten sie die Bilder am Schwarzen Brett und der Litfaßsäule gesehen und ihn dann auf der Straße erkannt? Oder hatten sie die Bilder selbst aufgehängt? Konnte es sein, dass sie ehemalige Opfer oder Eltern von Opfern waren? Oder gab es andere Hintergründe für die Tat, die überhaupt nichts mit Alberts Vorgeschichte zu tun hatten? Dagegen sprachen natürlich die Aushänge am Schwarzen Brett und der Plakatwand. Hessberger wusste auch nicht, ob ihm das Opfer wirklich leidtun sollte, denn wenn er sich vorstellte, was dieser vermutlich mit den Kindern angestellt hatte, wurde ihm schlecht. Als Polizist verurteilte er diesen Akt der Selbstjustiz, als Mensch konnte er durchaus Verständnis aufbringen.

Auf jeden Fall hatte Albert viel Glück gehabt, dass es aktuell nicht so kalt war, wie man es im Januar erwarten konnte. Er wäre sonst wohl erfroren. Die brutalen Schläge auf seinen Kopf hatten dafür gesorgt, dass er viele Stunden bewusstlos gewesen war. Er würde noch lange an den Auswirkungen der

Verletzungen laborieren, zumal auch einige Operationen nötig waren.

Ein Polizist wurde zur Überwachung des Krankenzimmers abgestellt, da die tatsächlichen Beweggründe der Tat noch nicht klar waren und sie eine Wiederholung nicht ausschließen konnten.

Polizeipräsidium, Besprechungsraum

Sina hatte inzwischen weitere Informationen über das Opfer zusammengetragen. Ihren Worten merkte der Rest der Truppe an, dass die Sympathie sich in Grenzen hielt. „Du müsstest diesen Albert T. eigentlich kennen, Adi. Er geht regelmäßig zu den Spielen des OFC. Er pflegt wenige Kontakte, soweit wir das mitbekommen haben, aber seine Hauptaktivitäten spielen sich in den sozialen Medien ab. Dort, das haben die Kollegen recherchiert, ist er Mitglied in einigen OFC-Foren – und er schreibt nicht gerade positive Dinge."

„Echt? Das muss ich mir gleich mal ansehen."

Bevor Adi etwas zum weiteren Vorgehen der einzelnen Teams sagen konnte, meldete sich Sina wieder zu Wort. „Ich klopfe die Gelegenheitsjobs ab und überprüfe seine Wohnung. Und dabei werde ich Lars unter meine Fittiche nehmen. Er kennt sich noch nicht richtig aus in Offenbach. Das ist die Gelegenheit!"

Adi stutzte, konnte jetzt aber schlecht den Spielverderber geben. „Gut, ich hoffe, dass ich in den OFC-Foren auf weitere Spuren stoße."

SIEBEN

Donnerstag, 30.01.2020, Firmengelände manroland, Mühlheimer Straße 341

Erwin Höfer arbeitete bei manroland in der Frühschicht. Als er morgens um 7.00 Uhr durch das Werkstor lief, grinsten schon die ersten Kollegen, und als er sich dann ein Brötchen holte, wurde er sofort angesprochen: „Na, du Hengst. Lässt es ja richtig krachen und deine Frau, ey, echt der Hammer!"

Erwin raffte überhaupt nicht, worum es ging. „Worauf spielst du eigentlich an?", fragte er.

„Tu nicht so scheinheilig. Du hast doch den Film aus eurem Schlafzimmer online gestellt und auch noch per WhatsApp versendet. Das hätte ich dir wirklich nicht zugetraut und deiner Frau schon gar nicht. Kriegst du da keinen Stress mit deinen Eltern, Verwandten oder unserem Chef? Sind ja heftige Bilder! Deinen Spitznamen bei den Kollegen hast du schon weg – Porno-Höfer!"

Erwin schaute seinen Kollegen fassungslos an, als der sein Handy zückte und ihm auf dem Display den Film zeigte, den er für sich und seine Frau im Schlafzimmer gedreht hatte. Die beiden nackten Körper, wie sie sich rekelten, schwitzten und dabei wirklich keine Fantasie offenließen. Seine Frau würde ihn töten! Und seine Eltern, Verwandten und vor allem seine Kinder? Wie würden sie reagieren? Das wollte er sich gar nicht erst ausmalen.

Er stürmte wie von der Tarantel gestochen in die Personalabteilung, meldete sich krank und verließ das Firmengelände. Ziellos fuhr er durch die Straßen, er wusste weder ein noch aus. Auf einmal stand er auf dem großen Parkplatz am Main. Er stieg aus und lief am Wasser entlang. Gedanken ratterten in seinem Kopf. Was war nur passiert? Seine Frau hatte wider Erwarten zugestimmt, als er vorschlug, einen kleinen Privatporno zu drehen. Sie hatten das Handy auf ein Stativ gestellt und im Anschluss alle Stellungen rauf und runter probiert. Es hatte sie beide richtig angetörnt. Doch wie war dieser Film an alle seine Kontakte gelangt?

Egal wie, sein Leben war ruiniert und natürlich auch das seiner Familie. Er lief schneller und schneller, als vor ihm plötzlich ein blaues Ungetüm auftauchte.

*

„Wollten wir nicht um den Aufstieg mitspielen? Jetzt droht uns wahrscheinlich der Abstieg." *Sweetie*

„Meldet die Mannschaft einfach in der Kreisliga C an, da gehört sie auch hin." *Bockolt 46*

„Zick zack – Söldnerpack!" *Schmidradner unlimited*

Er klappte seinen Laptop zu und schmiss ihn auf die Couch. Wie er sie hasste, diese Foren-Trolle, die mit ihren Negativbotschaften immer wieder seine geliebte Kickerslandschaft beschmutzten! Er schäumte vor Wut und rammte seine Faust wieder und wieder in den Boxsack, der von der Decke hing. Als echter Kickers-Fan konnte er das kaum ertragen, es machte ihn wütend. Aggressiv. Er konnte sich das nicht bieten lassen. Er musste unbedingt etwas dagegen unternehmen – und er wusste auch schon, was!

*

Aus einiger Entfernung konnte Adis Team den blauen Kran sehen, der als Wahrzeichen des Offenbacher Hafens galt. Nachts war er wunderschön beleuchtet und von der begehbaren Aussichtsplattform hatte man eine tolle Fernsicht. Inzwischen war dieser Platz ein Besuchermagnet. Viele nutzten ihre Spaziergänge, um vor Ort den Sonnenaufgang oder Sonnenuntergang zu fotografieren.

Jetzt war die Idylle leider gestört.

Der Tote lag am Fuße des blauen Krans, als würde er schlafen. Die Arme weit von sich gestreckt, das Gesicht verzerrt.

Ein Team der Spurensicherung war schon tätig. Adi sprach mit dem Polizisten, der ihre Abteilung informiert hatte. „Wir haben Zeugen, die gesehen haben, wie das Opfer von dem Kran gesprungen ist. Fremdverschuldung können wir schon mal ausschließen. Offenbar hat er geschrien: ‚Ihr wollt mich fertigmachen, ihr zerstört mein Leben.‘ Leider kann ich mir keinen Reim darauf machen, aber zumindest hatte er Papiere bei sich. Es handelt sich um Erwin Höfer, wir haben einen Firmenausweis bei ihm gefunden. Er scheint bei manroland zu arbeiten.“

Hessberger bedankte sich bei dem Kollegen und wandte sich seinem Team zu. „Das ist jetzt schon der zweite Selbstmord innerhalb kurzer Zeit. Irgendetwas ist hier faul.“

„Ich ruf mal bei manroland an und frage, ob er tatsächlich dort arbeitet“, bot Sina an, holte ihr Handy raus und ging ein paar Schritte zur Seite. Als sie zurückkam, sah sie irgendwie verstört aus, fand Adi.

„Die Personalerin von manroland hat mir erzählt, dass Erwin Höfer heute Morgen zur Arbeit gekommen ist, aber sich dann ganz plötzlich krankgemeldet hat“, berichtete Sina. „Es hatte sich auch schon zu ihr rumgesprochen, warum: Offenbar ist ein Porno-Video, das ihn und seine Frau beim Sex zeigt, an alle Kollegen rumgeschickt worden. Und das muss ihn total geschockt haben.""

„Was haltet ihr davon, eine Kleinigkeit in der Osteria am Hafen zu essen und dabei unsere Vorgehensweise abzustimmen?", fragte Adi.

Die anderen drei stimmten zu und so gingen sie zu Fuß in Richtung des Lokals. Die Pizza dort war fast schon legendär, lecker und riesengroß.

Sina schaute Adi an und seufzte: „Wenn das hier eine Kleinigkeit sein soll, wie sieht denn dann ein normales Essen aus? Wer teilt sich mit mir so ein Wagenrad?"

Lars und Rüdiger hatten nicht mal ansatzweise vor, sich etwas zu teilen, also nutzte Adi die Gelegenheit, sich näher an Sina zu setzen. „Also was meint ihr zu dem Ganzen?"

Sina hatte spürbar Probleme mit dem, was sie gerade in Erfahrung gebracht hatte. Zu deutlich haftete die Erinnerung an ihre eigenen Erlebnisse in ihrem Kopf. Damals hatte ihr ein Serientäter vor der eigenen Haustüre aufgelauert. Er betäubte sie, fotografierte ihren nackten Körper und stellte die Fotos mit obszönen Untertiteln ins Netz. Sina konnte genau nachempfinden, was der Selbstmörder gefühlt haben musste. „Ehrlich gesagt weiß ich nicht, was ich von all dem halten soll."

ACHT

Freitag, 31.01.2020, Firmengelände manroland

Hessberger hatte es übernommen, mit den Kollegen von Erwin Höfer zu sprechen. Das lag für ihn nahe, denn so konnte er vorher im Karosserie- und Lackierzentrum Nagel vorbeifahren, um die verkratzte Heckklappe seines Wagens begutachten zu lassen. Bei einem Parkaufenthalt in Frankfurt hatte jemand seinen OFC-Aufkleber mit dem Schraubenzieher entfernt – entsprechend sah das Blech jetzt aus.

Alexander Nagel schubste ihn freundschaftlich an und meinte mit einem Augenzwinkern: „Ich hätte noch einen gebrauchten Eintracht-Aufkleber für deinen Wagen. Das wäre die kostengünstigste Reparatur."

„Nee, da lasse ich mir lieber den ganzen Wagen in Rot-Weiß lackieren. Kann der Wagen gleich hierbleiben und ich hole ihn heute Abend in den OFC-Farben wieder ab?"

„Kein Problem, ich habe noch einen Eimer weiße Farbe da und Schwarz bestelle ich gleich. Aber Spaß beiseite, brauchst du ein Ersatzfahrzeug?"

Adi winkte ab. „Nee, lass mal, ein paar Schritte tun mir gut."

*

manroland Sheetfed, so hieß das Unternehmen mit vollständigem Namen, lag in derselben Straße. Nachdem er dort mit

mehreren Leuten gesprochen hatte und alle etwas zurückzu-
haltend schienen, sagte jemand zu Hessberger: „Da hinten
steht ein Spezi vom Höfer, der kannte ihn wahrscheinlich am
besten."

Als Adi sich mit dem Mann unterhielt, konnte er kaum
glauben, was er zu hören bekam. „Ich war nur überrascht, wie
fassungslos Erwin darüber war, dass wir uns alle den Film
angeschaut haben. Ich meine, schließlich hat er ihn ja an uns
alle geschickt."

Adi traute seinen Ohren nicht. „Was? Ich meine, er hat was
getan?" Einen Pornofilm zu drehen, war eine Sache, aber den
selbst an alle Kontakte im Handy zu versenden, das war eine
ganz andere Nummer.

„Sie haben mich schon richtig verstanden, Herr Kommissar.
Vielleicht hat er ihn ja unabsichtlich verschickt. Aber ganz
ehrlich, viele Kollegen haben ihn darum beneidet, was bei
Albert noch alles im Bett abgeht. Übrigens habe ich den Film
auch per WhatsApp erhalten. Wollen Sie ihn sehen, Herr
Kommissar?"

Hessberger verzichtete auf die Korrektur, dass es Hauptkommissar heißen musste, ließ sich den Film zusenden und
beschloss, die Sichtung des Bildmaterials gemeinsam mit den
Kollegen im Präsidium vorzunehmen.

Freitag, 31.01.2020, 11.45 Uhr, Polizeipräsidium

Im Besprechungszimmer wurde eifrig diskutiert. Hessberger hatte vier Flipcharts aufstellen lassen, auf denen jeweils ein Name stand: Klaus Z. (Lehrer), Rainer S. (Banker), Albert T. (pädophiler Straftäter) und Erwin H. (manroland).

„Lasst uns jedem der vier Begriffe zuordnen, die im direkten Zusammenhang mit ihm stehen", forderte Adi sein Team auf. „Fangen wir mit unserem Lehrer an."

Sina meldete sich als Erste. „Ich würde ein Kreuz neben seinen Namen schreiben, da er tot ist. Delikt: Besitz von Nacktfotos seiner Schülerinnen, vielleicht sogar mit deren Einverständnis. Als Stichworte würden mir spontan einfallen: anonyme Anzeige, Unschuldsbeteuerung, erdrückende Beweise vor Ort, Selbstmord."

So gingen sie der Reihe nach alle durch. Am Ende hatten sie die folgenden Ergebnisse:

– Rainer S. Delikt: Betrug, Unterschlagung und Veruntreuung in einem besonders schweren Fall. Unschuldsbeteuerung, mangelnde Cleverness bei der Durchführung, erdrückende Beweislage.

– Albert T. Delikt: Kinderpornografie (Strafe verbüßt), Anfeindungen von unbekannten Dritten, tätlicher Angriff auf seine Person, einhergehend mit schwerer Körperverletzung.

– Erwin H. Delikte: keine. Ungewollte Verbreitung eines privat erstellten Pornos. Selbstmord.

Adi kratzte sich am Kopf, nachdem er die Flipcharts nochmals eingehend betrachtet hatte. „Wir haben es also mit vier ganz unterschiedlichen Fällen und Personen zu tun. Zwei Tote, ein Schwerverletzter und unserem Banker steht eine lange Haftstrafe bevor. Jetzt stellen sich folgende Fragen: Wie gelangten die geheimen Informationen über unseren Pädophilen an die Öffentlichkeit? Wie wurde der Privatporno von Erwin H. verbreitet? Warum beharren die anderen beiden auf ihrer Unschuld, obwohl sie überführt sind? Normalerweise gestehen die meisten Täter, wenn die Beweislast erdrückend ist. Das ist zumindest ein gemeinsamer Nenner zwischen zweien von diesen vier Fällen. Und deshalb kommt jetzt meine Törtchenfrage: Haben die Vorwürfe gegen diese zwei vermeintlichen Täter überhaupt Bestand oder sind die Beweise vielleicht fingiert?"

*

Die Macht war mit ihm. Es war ein berauschendes Gefühl, alle diejenigen zu bestrafen, die sich nicht an die Regeln hielten – an seine Regeln. Er war der Beste, aber bis jetzt hatte er nur ein bisschen gespielt ...

*

In der darauffolgenden Woche verhörte Adis Team mithilfe einiger Kollegen der anderen Abteilungen die Angehörigen der Täter und Opfer. Sie sprachen mit den Nachbarn, gingen in den Hochhäusern von Wohnung zu Wohnung und zeigten jeweils die Fotos aller Personen herum, die in den Fällen eine Rolle spielten. Gleichzeitig telefonierte Rüdiger alle bekannten Kontakte des vermissten Mädchens ab. Doch keiner konnte Auskunft zu ihrem Verbleib geben oder einen Grund für ihr plötzliches Verschwinden nennen.

Es war für alle eine Heidenarbeit, doch sie blieb völlig ergebnislos, weshalb Adi begann, den Fall noch einmal aus einer ganz anderen Perspektive zu betrachten.

Immer wieder fragte er sich, ob die Protagonisten seiner Fälle möglicherweise miteinander in Kontakt standen. Sicher war nur, dass der tote Lehrer seine Schülerin gekannt hatte. Bei allen anderen wollten die Fragezeichen in seinem Kopf nicht weniger werden. Nur weil sich alle in diversen OFC-Foren getummelt hatten, mussten sie sich noch lange nicht persönlich kennen. Je länger er darüber sinnierte, desto wahrscheinlicher erschien ihm, dass es dennoch einen verborgenen Zusammenhang zwischen diesen Fällen gab: dass ein Unbekannter die Strippen zog. Womöglich kannte dieser Unbekannte alle Tatverdächtigen, aber sie sich untereinander überhaupt nicht. Irgendwo musste es einen roten Faden geben und der führte unweigerlich, diesen Schluss zog er nun für sich, zu dem Unbekannten.

Adi schaute sich die Fälle immer wieder an, bis ihm die Buchstaben förmlich vor den Augen verschwammen. Auf einmal schlug er sich mit der Handfläche gegen die Stirn und murmelte mehrmals: „Das könnte der gesuchte Ansatz sein."

Adi trommelte sein Team im Besprechungsraum zusammen, um seine Idee zu präsentieren. Nach und nach trafen Sina, Lars und Rüdiger ein, alle bewaffnet mit einer Tasse starken Kaffees.

Adi schaute seine Leute lange an, bevor er das Wort ergriff. „Mir sind das definitiv zu viele Zufälle. Wir haben einen Lehrer, der geschworen hat, unschuldig zu sein, und kurz darauf seinem Leben ein Ende setzt. Dann einen Bankabteilungsleiter, der sich ebenfalls als unschuldig ausgibt, doch woher kommen die 7 Millionen auf seinem Konto? Jetzt haben wir einen zweiten Selbstmörder, dessen letzte Worte waren: ‚Ihr wollt mich fertigmachen, ihr zerstört mein Leben.‘ Merkt ihr was? Alle behaupten, dass jemand anderes für die Taten verantwortlich ist. Irgendwie passt nur das verschwundene Mädchen nicht dazu, ansonsten habe ich ein sehr eigenartiges Bild im Kopf. Was wäre, wenn jemand im Hintergrund agiert mit dem Ziel, Leben zu zerstören?

Ich frage mich, ob sich die Protagonisten unserer verschiedenen Fälle kennen und wo die Gemeinsamkeiten liegen. Ich bin die Fälle immer wieder durchgegangen und habe festgestellt, dass es nur einen gemeinsamen Nenner gibt: Alle sind oder waren in den sozialen Medien aktiv!"

Sina schüttelte ungläubig den Kopf: „Das ist zwar richtig, aber dann kommt fast jeder Mensch da draußen infrage. Ich kenne fast niemanden mehr, der dort nicht vertreten ist."

Die Spannung, die zwischen den beiden herrschte, war im Raum spürbar. Es war, als würde mit dieser Fragestellung der Beziehungsstatus von Sina Fröhlich und Adi Hessberger diskutiert und nicht der aktuelle Fall.

„Mensch, Adi, kapier es doch endlich, die Zielgruppe ist viel zu groß, wie sollen wir denn da sinnvoll vorgehen?"

„Musst du eigentlich immer meckern, statt mal was Konstruktives beizutragen?"

„Äh ... also, warum machst du mich hier so an? Ich trage genauso viel oder wenig bei wie alle anderen im Team. Weißt du was, macht euren Scheiß doch einfach allein!"

Sina rannte hinaus. So sauer hatte Adi sie noch nie erlebt.

*

Er schloss die Augen und eine Szene der Vergangenheit lief vor seinem inneren Auge ab.

Was war nur passiert?

Sein Vater weinte wie ein Schlosshund, als er das Haus betrat. Er war komplett in Weiß-Rot gekleidet, hielt ein Bier in der Hand, streckte die Arme in die Luft und sang. Die Mutter kam aus der Küche gerannt, weil sie Lärm hörte.

Der Junge sah die Tränen des Vaters und wusste nicht, was er Schreckliches erlebt hatte.

Es muss etwas Schlimmes passiert sein.

Er fürchtete sich, klammerte sich an die Beine des Vaters und umarmte sie, um ihn zu trösten.

Doch der Vater hörte nicht auf zu weinen, nahm die Mutter in den Arm.

Es war ein später Samstagabend. Eigentlich ein normaler Tag, dachte der kleine Adi, wenn es nur seinem Vater nicht so schlecht gehen würde.

Der Vater beugte sich nun mit Tränen in den Augen zu ihm hinunter und kniete sich neben ihn. „Das war damals der schönste Tag meines Lebens", hörte der kleine Adi aus dem

Mund des Vaters und konnte die Worte nicht glauben, nicht einordnen.

Warum weinte er denn dann? Hatte er etwas falsch verstanden?

Papa Hessberger löste den weiß-roten Schal vom Hals und hängte ihn dem kleinen Adi um. Erst erschrak das Kind, dann sah er in die feuchten, doch leuchtenden Augen des Vaters und freute sich wie Bolle. Der Vater griff in seine Hosentasche und holte einen rot-weißen Wimpel hervor. „Hier, ein Geschenk für dich. Lies mal!"

Adi, der etwas nervös war, stotterte ein wenig. „Deu…t …sch…er." Der Vater sprach für ihn weiter: „Pokalsieger. OFC. 29.8.1970."

Der Vater streichelte ihm über die Haare. „Merk dir das Datum, mein Junge! Merk es dir." Adi nickte und seine Augen strahlten.

„Willst du was essen?", fragte die Mutter.

„Nein, ich trinke noch ein Bier und geh ins Bett. „Mann, war das ein Tag heute! Wir haben schon mal das zwanzigjährige Jubiläum des Pokalsiegs vorgefeiert!"

Adi zog sich in sein Zimmer zurück, befühlte immer wieder den Schal, der ein wenig nach Bier roch, und den seidig glänzenden Wimpel, den er mehrfach küsste. Die schönsten Geschenke, die er je bekommen hatte.

„Pokalsieger", sagte er immer wieder vor sich hin, obwohl er nur eine ungefähre Vorstellung hatte, was damit gemeint war. Aber es musste etwas Großes und Schönes sein.

Irgendwann, am Boden liegend, schlief er mit dem Wimpel und dem Schal in Händen ein und träumte in dieser Nacht vom OFC – der Beginn einer Liebe fürs Leben.

*

Zurück in der trostlosen Gegenwart atmete Adi einmal kurz durch und schaute seinen Kollegen nacheinander intensiv in die Augen. „Lasst sie einfach gehen, die beruhigt sich schon wieder. Langsam werden wir wohl alle etwas dünnhäutiger."

Stirnfalten zeigten sich und Adi pustete erneut durch. „Was ich vorhin sagen wollte: Ich meine nicht die sozialen Medien im Allgemeinen, sondern einen ganz speziellen Bereich. Bei einigen von unseren Fällen war es sehr schnell ersichtlich, aber bei Steffi Gerber bin ich erst auf Umwegen darauf gestoßen." Er machte eine kleine Sprechpause, um die Spannung noch ein wenig zu steigern. „Alle waren in verschiedenen OFC-Foren aktiv."

Die Kommissare saßen schweigend da und irgendwie wollte keiner das Wort ergreifen, bis Rüdiger sich einschaltete: „Du meinst also, dass die Selbstmorde, die schwere Körperverletzung, das Verschwinden von Steffi Gerber und der Millionenbetrug in unmittelbarem Zusammenhang mit einem oder mehreren OFC-Foren stehen? Adi, wir verstehen und schätzen deine große Verbundenheit mit dem OFC, aber jetzt mal ehrlich: Der OFC spielt in der Regionalliga, was könnte so wichtig sein, dass es unsere Fälle beeinflusst? Gerne können wir uns in den Foren mal umhören, ob wir neue Informationen generieren können, doch aus meiner Sicht ist das eher kein erfolgversprechender Ermittlungsweg."

Adi schaute seine Kollegen ungläubig an. Die mussten doch begreifen, dass irgendwo in diesen Foren womöglich ein Lösungsansatz verborgen lag. Aber es herrschte betretenes Schweigen. „Ich habe echt keinen Bock mehr, weiter in diese Richtung zu diskutieren", dachte Adi. „Also bleibt mir nur eins: Ich werde auf eigene Faust weitermachen!"

*

Gegen 19.00 Uhr saß Adi immer noch in seinem Büro. Er hatte sich die Computerzugangsdaten aller Beteiligten besorgt und durchsuchte nun die verschiedenen Foren auf verdächtige Zusammenhänge. Immer wieder klickte er auf die verschiedenen Beiträge und kopierte alles in eine neue Datei. Dadurch war es ihm möglich, die Einträge miteinander abzugleichen. Adi malte sich aus, dass diese Foren der Schlüssel zu allen aktuellen Fällen sein könnten. In seinem Kopf lief ein Film ab, in dem es auf der einen Seite Diffamierer und auf der anderen Seite eine Art Rächer gab. Er war so sehr in seine Bildschirmarbeit vertieft, dass er nicht bemerkt hatte, wie Sina in sein Büro gekommen war.

Erschrocken drehte er sich um, als eine Hand sich auf seine Schulter legte.

„Na, wirst du noch schreckhaft auf deine alten Tage?"

Er schaute Sina lange an. „Wir müssen reden. Die ganze Zeit habe ich das Gefühl, dass du eine Mauer um dich baust, und ich habe keinen blassen Schimmer, warum das so ist."

Sina wirkte sehr traurig. „Lass mir einfach noch ein wenig Zeit, mir über meine Gefühle klar zu werden."

Adi schaute sie entsetzt an. „Ich dachte, wir wüssten beide, wie wir füreinander empfinden? Bisher habe ich dich immer unterstützt und niemals bedrängt. Auch wenn wir schon schwere Zeiten durchleben mussten, war ich doch immer für dich da."

„Fast immer", sagte sie und verließ ohne ein weiteres Wort das Büro.

*

66

Adi wusste nicht mehr, was er denken sollte. Irgendetwas war passiert, was Sinas Stimmung komplett hatte umschlagen lassen. Konnte es vielleicht sein, dass sie von seiner Affäre mit Clarissa erfahren hatte? Aber dann hätte sie ihn doch darauf angesprochen. Und von wem sollte sie von der Affäre erfahren haben? „Morgen werde ich mir erst einmal Rüdiger vorknöpfen!", dachte er, bevor er sich wieder dem Bildschirm zuwendete.

Die verschiedenen Foren zu sichten, war eine mühsame Angelegenheit. Alle seine Protagonisten hatten zu verschiedenen Themen Beiträge verfasst. Es war, als suche man die Nadel im Heuhaufen. Steffi Gerber hatte er aufgrund ihres Alters vollkommen falsch eingeschätzt, denn das Mädchen hatte teilweise eine Ausdrucksweise, die sich gewaschen hatte. Sie nahm wirklich kein Blatt vor den Mund, wenn es darum ging, ihren Unmut zu zeigen. „Versenkt diese Arschlöcher im Main" war noch das Harmloseste. Es hagelte von ihr deftige Kommentare zum momentanen Abschneiden der Kickers. Die Texte waren polemisch, viele davon unter der Gürtellinie und beleidigend. Hessberger konnte sich schon vorstellen, dass mancher Verantwortliche des OFC die bösen Worte persönlich nehmen würde, doch das Mädchen schrieb natürlich nicht unter ihrem richtigen Namen. Wie sollte jemand diesen herausbekommen haben? Und was war mit den anderen? Er hatte zum Glück die Unterstützung seiner IT-Abteilung. So konnte er die Usernamen mit den realen Namen in Einklang bringen.

Hessberger fiel es immer schwerer, sich zu konzentrieren, und so beschloss er, Feierabend zu machen und noch eine Kleinigkeit essen zu gehen. Heute hatte er große Lust auf selbst gemachte Pommes und da gab es eine perfekte Anlaufstelle: das Le Belge. Zum Glück erwischte er den letzten freien Tisch. Er bestellte Brüsseler Brotkuchen aus dem Backofen, mit Käse überbacken, dazu eine Portion Pommes de Belge Spezial und ein Leffe Blond. Hessberger fragte sich immer, warum die Belgier Bier in Schnapsgläsern ausschenkten. 0,25 ml war eine Winzigkeit im Glas. Ein sogenanntes Giotto-Bier – kleiner durfte es nun wirklich nicht sein! Aus diesem Grund bestellte er gleich zwei. Das leckere Essen lenkte ihn ein wenig von seinen trüben Gedanken rund um Sina ab, doch komplett verdrängen konnte er das Thema nicht. Er musste dringend einen weiteren Versuch wagen und mit ihr reden, denn eines wollte er auf keinen Fall – Sina verlieren!

NEUN

Freitag, Samstag und Sonntag saß Adi im Polizeipräsidium am Computer und schaute sich jeden einzelnen Foreneintrag seiner Kandidaten genau an. Inzwischen war es Fakt, dass sich alle fünf ziemlich negativ über den OFC geäußert hatten.

„Schickt diese Söldner alle in die Wüste."

„Seelenlose Legionäre."

„Jagt die Kreisligakicker aus der Stadt."

„Fickt euch ins Knie ihr Sackgesichter."

Das waren nur ein paar Einträge des schwerverletzten Pädophilen, der noch im Krankenhaus lag. Und von diesen Bösartigkeiten gab es reichlich.

Doch wo war hier der Zusammenhang? Noch immer schwirrte ihm Rüdigers Einwand im Kopf herum: „Warum sollte alles mit den Befindlichkeiten eines Viertliga-Vereins zu tun haben?"

Adis Bauchgefühl meldete sich und so schaute er sich nicht nur die Einträge seiner Verdächtigen, sondern auch alle Antworten an. Ein User namens Mythos 1901 antwortete Albert sehr zurechtweisend. Auch bei Zenker gab es eine Antwort von Mythos 1901. War das eine Spur? Adi knöpfte sich die beiden anderen vor und siehe da: Auch dort fanden sich Antworten von dem User dieses Namens.

Adi las alle mehrfach durch und es entstand ein Bild von Mythos 1901 in seinem Kopf.

Jetzt fingen die Dinge auf einmal an, Sinn zu machen. Es handelte sich um einen Forumsteilnehmer, der irgendwie seltsam wirkte – er schien von den Anfeindungen fast persönlich beleidigt. Er verteidigte den OFC mit einem Eifer und einer Vehemenz, die fast schon an Gewalt grenzte. Hessberger fühlte, dass er auf der richtigen Spur war, und wenn er einmal die Witterung aufgenommen hatte, konnte ihn nichts mehr stoppen, auch nicht die Zweifel seiner eigenen Kollegen. Es galt nur noch eine Frage zu klären: Konnte es sich tatsächlich um den gesuchten Täter handeln?

Montag, 10.02.2020, 9.30 Uhr, Polizeipräsidium

Aufgrund des Sturms *Sabine* war buchstäblich „Land unter". Es gab einige beschädigte Fahrzeuge, abgedeckte Dächer, die Straße Richtung Hainburg war wegen umgestürzter Bäume komplett gesperrt, die Schulen und Kindergärten waren teilweise geschlossen.

Die interne IT-Abteilung lag etwas abseits der normalen Büros. Hier saßen vier Spezialisten, die außer dem täglichen Besuch beim Metzger zum Mittagstisch nie ihre Schreibtische verließen. Sascha, Dalibor – kurz Dali genannt –, Carsten und Lothar freuten sich, Adi zu sehen, und machten sich auch gleich an die Arbeit, um den Namen und die Adresse des Users Mythos 1901 zu ermitteln. Es dauerte keine zwei Stunden, bis Adi die Adressdaten aufs Handy bekam.

Zum Glück kannte sich Adi in der Gegend aus. Gegenüber dem Hochhaus an der Rhönstraße 53 hatte vor Jahren eine kleine BP-Tankstelle mit komplettem Bedienungsservice gelegen. Adi hatte dort oft Öl- und Reifendruck prüfen lassen. Um die Ecke gab es die Kneipe „Zum Ludi", dort hatte Hessberger sein allererstes Bier getrunken, doch inzwischen waren Tankstelle und Kneipe einem Mehrfamilienhaus gewichen.

Adi drückte mehrere Klingeln, bis der Summer ertönte und die Eingangstür sich öffnete. Er fuhr mit dem Fahrstuhl in den siebten Stock und schaute aufs Namensschild: Willy Baumann, hier war er richtig.

Hessberger legte das Ohr an die Tür und hörte Geräusche in der Wohnung. Vorsichtshalber zog er seine Dienstwaffe, eine Heckler & Koch P30, bevor er energisch gegen die Tür klopfte.

Nach dem dritten Klopfen trat er die Tür ein. Lärm kam aus dem Wohnzimmer. Mit der Waffe im Anschlag stürmte er hinein und sah in ein total verängstigtes Gesicht. Eine alte Frau, bestimmt an die 90 Jahre alt, saß in ihrem Rollstuhl und zitterte vor Angst. „Tun Sie mir nichts, bitte, tun Sie mir nichts!", rief sie mit bebender Stimme.

Hessberger hatte sich schnell in der Wohnung umgesehen, außer ihm und der Frau war niemand hier. Adi versuchte, die Dame zu beruhigen, die jetzt bitterlich anfing zu weinen.

„Es ist alles gut, Sie brauchen keine Angst zu haben, ich bin von der Polizei", hörte er sich selber sagen, doch Frau Baumann konnte sich nicht beruhigen und bekam kaum noch Luft. Er rief den Notarztwagen, der innerhalb von fünf Minuten vor Ort war, weil das Ketteler Krankenhaus nur ein paar Hundert Meter entfernt lag.

Als die Sanitäter die Frau abtransportiert hatten, schaute Adi sich die Wohnung genauer an, doch so sehr er auch suchte, es gab keinen Computer. Auf dem Tisch lag ein Fotoalbum. Er blätterte es durch bis zur zehnten Seite. Dort war eine Todesanzeige eingeklebt: Willy Baumann, gestorben am 24.07.2017 im Alter von 87 Jahren.

Hessberger hätte sich in den Arsch beißen können, so sauer war er. Zuerst hatte er die Kollegen mit seinem „Forums-Attentäter" verrückt gemacht und jetzt fast noch die alte Dame ins Grab gebracht mit dieser Harakiri-Aktion. Obendrein musste er auch noch einen Bericht wegen der zerstörten Tür schreiben. Wenn es jetzt noch eine Anzeige von der alten Dame gab, dann Prost Mahlzeit.

Was nun? Er war sich so sicher gewesen, auf der richtigen Spur zu sein. Hatte jemand die Daten des verstorbenen Willy Baumann benutzt, um seine eigene Identität zu verschleiern? Er musste unbedingt noch mal mit den ITlern sprechen.

*

Die Suche nach Steffi Gerber lief immer noch auf Hochtouren. Erfahrungswerte über verschwundene Opfer belegten eindeutig, dass sich die Überlebensrate in der Regel drastisch verschlechterte, je länger die verschwundene Person nicht gefunden wurde, außer natürlich, die jeweilige Person wollte gar nicht gefunden werden. Aufgrund der Tatsache, dass niemand die Vermisste in den letzten zweieinhalb Wochen gesehen hatte, obwohl alle Fernsehsender und Zeitungen intensiv über den Fall berichteten, glaubte auch Hessberger nicht mehr daran, das Mädchen lebend wiederzufinden. Er war jetzt schon so lange Polizist, aber immer wieder verspürte er eine große Betroffenheit, vor allem, wenn es sich bei den Opfern um junge Menschen handelte. Sie hatten alle vorliegenden Kontakte des Mädchens abtelefoniert und teilweise persönlich mit den Freunden, Verwandten und Bekannten gesprochen. Dies gestaltete sich sehr schwierig, da sowohl das Handy als auch der Computer des Mädchens verschwunden waren. Letzterer war aus ihrer Wohnung entwendet worden. Darüber hatte sich Hessberger viele Gedanken gemacht: Warum sollte jemand Steffi Gerber entführen oder schlimmstenfalls ermorden und dann im Anschluss in die Wohnung einbrechen, um den Computer zu stehlen?

Adi glaubte nicht daran. Vielleicht handelte es sich um zwei verschiedene Täter. Wenn das Motiv tatsächlich die Nacktfotos gewesen waren, hätte der vermeintliche Entführer sicher Gelegenheit gehabt, das Original anzusehen. Wozu also hätte er den Computer stehlen müssen? Wer hatte noch Interesse an diesen Fotos? Der Lehrer kam infrage, der war zu diesem Zeitpunkt schon nicht mehr am Leben gewesen. In diesem Moment kam Adi ein neuer Gedanke ...

*

Frau Zenker öffnete beim ersten Klingeln die Tür und schaute Adi erstaunt an. „Was wollen Sie denn noch von mir, ist es nicht genug, dass Sie meinen Mann in den Selbstmord getrieben haben?"

Wenn Blicke töten könnten, wäre Hessberger wohl umgefallen, so aber schaute er der Frau in die Augen und sagte: „Es tut mir sehr leid, dass Sie Ihren Mann verloren haben. Aber können Sie sich vielleicht vorstellen, warum ich noch mal hier bin? Bei der jungen Dame, von der wir in Ihrem Keller Nacktfotos gefunden haben, wurde eingebrochen und ich dachte mir, Sie könnten dabei eventuell weiterhelfen."

„Was hab ich mit diesem Flittchen zu schaffen? Vielleicht hat jemand die Bilder meinem Mann untergeschoben, aber warum soll ich etwas mit dem Diebstahl des Computers zu tun haben?"

„Mir kommt es auch spanisch vor, glauben Sie mir, aber mal im Ernst: Welche Veranlassung sollte der Entführer oder gar der Mörder, dazu gehabt haben? Es könnte auch jemand anderes gewesen sein. Sie zum Beispiel, Frau Zenker?"

Die Dame des Hauses schaute so fassungslos aus der Wäsche, als spreche Adi Klingonisch. „Frau Zenker, ich muss Sie mit aufs Präsidium nehmen. Es besteht der Verdacht, dass Sie bei Steffi Gerber eingebrochen sind und dabei Beweismaterial gestohlen haben. Und übrigens, Frau Zenker: Nirgendwo stand, dass bei dem Wohnungseinbruch ein Computer entwendet wurde. Nur einer konnte das wissen, und zwar der Täter, in Ihrem Fall die Täterin. Es handelt sich demnach eindeutig um Täterwissen. Können wir?"

Er fuhr mit Frau Zenker ins Präsidium und brachte die geschockte Witwe in den Verhörraum.

In diesem Moment kam Sina um die Ecke. „Spielst du jetzt total verrückt? Hast du tatsächlich Frau Zenker verhaftet?"

Adi lächelte. „Es gab niemand anderen, der davon profitiert hätte, den Computer zu stehlen, und dass jemand genau zu diesem Zeitpunkt zufällig in die Wohnung des Mädchens einbricht, habe ich einfach mal ausgeschlossen. Aus meiner Sicht hat sie Zweifel an der Unschuld ihres Mannes gehabt, zusätzlich könnte die Eifersucht auf das junge Mädel sie zu diesem Schritt getrieben haben."

Bei dem Verhör bestätigte sich seine Vermutung. Frau Zenker hatte zwischen Trauer und Eifersucht geschwankt, deshalb hatte sie sich unbedingt Klarheit verschaffen wollen.

Jetzt drohte ihr eine Strafe wegen Einbruchs, aber Hessberger beabsichtigte, der vom Schicksal gebeutelten Frau eine Brücke zu bauen. „Wenn Sie uns mitteilen, wo sich der Computer befindet, und ab sofort uneingeschränkt mit uns kooperieren, werde ich ein gutes Wort beim Staatsanwalt für Sie einlegen."

Frau Zenker fing an zu weinen. „Tut mir leid. Ich sag Ihnen alles, was Sie wissen wollen."

Ein Kollege nahm das Protokoll über ihre Aussage auf und im Anschluss ließ Adi sie von einem Beamten nach Hause fahren, der gleichzeitig den Computer in Empfang nehmen sollte.

ZEHN

Freitag, 14.02.2020, 11.15 Uhr, Polizeipräsidium

In den vergangenen Tagen hatte Hessberger viel mit den Auswertungen der Ermittlungen zu tun. Der vollständige Autopsiebericht des Lehrers lag nun vor – ein Fremdverschulden konnte Adi zu 100 % ausschließen. Auch der Einbruch bei Steffi Gerber konnte durch Adis Eingebung schnell aufgeklärt werden. Die Daten des Computers beschäftigten ihn weiterhin, denn es gab immer noch keinen Hinweis darauf, wie die Nacktfotos von Steffi Gerber in den Besitz des Lehrers gelangt sein konnten.

Adi schloss seine Bürotür und hängte seine neue Errungenschaft an die Tür: „Bitte nicht stören, Beamter träumt von Kickers Offenbach". Er hatte sich mit einer Cola light und einer Tafel Nuss-Nougat-Schokolade versorgt und legte los. Er loggte sich in die verschiedenen Foren ein und durchstöberte sämtliche Profile der Opfer. Hessberger hatte bei seinen letzten Recherchen herausgefunden, dass sich alle den Unmut beziehungsweise den Zorn eines anderen Forum-Teilnehmers zugezogen hatten. Auch seine missglückte Aktion, als er die alte Dame, Frau Baumann, in ihrer Wohnung fast zu Tode erschreckt hatte, konnte ihn nicht von diesem Gedanken abbringen. Gab es tatsächlich einen Täter, der bei Attacken gegen den OFC Strafen verhängte oder die Leute anschwärzte? Unbekannte hatten sowohl den Lehrer als auch den Abteilungsleiter der Bank anonym angezeigt, der Pädophile Albert wurde durch eine anonyme Nachricht am Schwarzen Brett geoutet, Erwins Privatporno wurde öffentlich gemacht. Nur

Steffi Gerber passte nicht recht in dieses Bild, zumal sie noch immer verschwunden war. Auf seinem Bildschirm klickte er sich wieder durch die teils bösartigen Forenbeiträge:

„Verjagt diese Loser aus Offenbach." *Kostedde24*
„bis auf Vetter, könnt ihr alle gehen." *Blechschmidt?*
„Söldnerpack." *Kremerszwilling 1970*
„abgehalfterte Rentner." *Fuhr1901*

Und als er erneut die Gegenkommentare las, fragte er sich im Stillen: „Ein Racheengel?"

*

Er saß am Laptop und staunte nicht schlecht. Alle fünf waren gleichzeitig online. „Wie kann das sein?" Finger flogen stakkatoartig über die Tastatur. Er bleckte die Lippen und war total fasziniert von dem, was er auf dem Bildschirm zu sehen bekam. Sein Gesicht verzerrte sich zu einem grausamen Lächeln. „Du willst Spiele mit mir spielen? Dann sollst du deine Spiele bekommen."

Samstag, 15.02.2020, 13.30 Uhr, Aalen

Adi schnappte sich die Stadionzeitung und las die Aufstellung seines OFC. Er fieberte dem Anpfiff entgegen. Heute stand das Nachholspiel in Aalen an. Noch vor und in der Winterpause hatte es einen großen Umbruch gegeben. Angelo Barletta, ehemaliger OFC-Profi, sollte nun versuchen, diese komplett verkorkste Saison ein wenig erfreulicher zu gestalten.

Die mitgereisten Fans waren den Kickers voller Vorfreude in die Ostalb Arena gefolgt und erwarteten ein erfolgreiches Abschneiden ihres Vereins. Leider gab es aufseiten des OFC einige Verletzte, doch das sollte kein Grund sein, die Punkte in Aalen zu lassen. Aber das Unglück nahm seinen Lauf.

Schon zur Halbzeit hatte Adi die Nase voll und hätte am liebsten seinen Stehplatz mit einem Tresen getauscht. Seine Mannschaft spielte ideenlos und konnte von Glück sagen, dass wenigstens Torhüter Dominik Draband eine ansprechende Leistung bot: So stand es nur 1:0 aus Sicht der Aalener.

Adi schimpfte wie ein Rohrspatz mitten in den Fan-Pulk hinein. „Bin ich der Einzige hier, der gewinnen will? Vielleicht sollten wir unsere Kickers mal ein wenig lauter anfeuern oder seid ihr alle eingeschlafen?"

Leider wurde es nicht wirklich besser, obwohl er sich die Kehle heiser schrie, aber Adi verharrte tapfer, er war ja einiges gewohnt aus den Jahrzehnten als Fan.

In der zweiten Halbzeit gab es zwar mehr Ballbesitz für den OFC, aber keine nennenswerten Torchancen. Der Gastgeber machte es deutlich besser und schenkte den schwachen Hessen noch zweimal einen ein. Am Ende musste Adi mit den leidgeprüften Fans wieder mal zuschauen, wie die anderen feierten.

*

Mit ein paar Fans verabredete sich Adi für den Abend in der Bauernschänke in Offenbach. Noch immer schlecht gelaunt traf er gegen halb neun dort ein. Es dauerte einige Stunden, bis es ihm gelang, sich dieses Spiel schön zu trinken.

Kurz bevor er gehen wollte, drang eine laute Stimme an sein Ohr. „Einmal OFC, immer OFC und wer etwas anderes sagt, dem polier ich die Fresse." Natürlich fiel dieser Satz nach reichlichem Alkoholkonsum, aber er unterstrich genau seine Theorie vom Racheengel. Bestimmt gab es einige radikale Fans, die genauso dachten und fühlten.

Montag, 17.02.2020, 8.30 Uhr, Polizeipräsidium

Nachdem Adi den gesamten Sonntag im Präsidium am Laptop verbracht hatte, versammelte er sein Team im Besprechungsraum. Dort hingen verschiedene Beiträge aus Foren des OFC an der Wand. Um dem Ganzen etwas mehr Nachdruck zu verleihen, nutzte er einen Laser-Pointer, der ein kleines OFC-Logo auf die markierten Stellen warf. Er hatte dieses Teil im Kickers-Fan-Shop erworben und fand es „mega". Adi begann mit seiner Präsentation:

„Lehrer Zenker hat eine Woche, bevor die anonyme Anzeige wegen der Nacktfotos bei uns einging, im Netz bösartige Dinge über die Kickers verbreitet. Rainer Schumann wurde aufgrund eines geheimen Hinweises vier Tage nach einer Hassrede über die aktuelle Mannschaft erwischt. Unser Pädophiler, Albert, wurde nur zwei Tage, nachdem er im Forum das neue Präsidium beschimpft hatte, von einem Unbekannten geoutet. Und last, but not least Erwin Höfer: Sein privates Pornovideo gelangte drei Tage, nachdem er die Mannschaft als Söldnerpack bezeichnet hatte, ins Netz, und was noch schlimmer ist, zu allen privaten WhatsApp-Kontakten des Opfers. Und jetzt kommt ihr."

Lars schaute in die Runde und meinte dann mit einem leichten Einschlag seines Hamburger Dialekts: „Ich finde deine Theorie gar nicht mehr so abwegig, vor allem jetzt, da du diese Zeitkomponente ins Spiel gebracht hast. Wie passt Steffi Gerber in diese Geschichte?"

„Sie hat Maik Vetter circa eine Woche vor ihrem Verschwinden mit üblen Schimpfworten bedacht, also unseren Spieler mit den höchsten Sympathiewerten überhaupt. Das können doch nicht alles Zufälle sein. Ich mache den Kram hier schon so viele Jahre und kann euch sagen, bisher war auf meine Intuition immer Verlass. Und im Augenblick tanzt mein Bauchgefühl Tango."

*

Sie hörte, wie er den schallisolierten Raum betrat. Ihr fehlte nach vielen Tagen oder Wochen einfach die Kraft, sich aufzulehnen oder etwas zu unternehmen. Manchmal durfte sie raus, dann konnte sie aus dem Fenster auf den Fluss schauen. Doch vorher bekam sie eine Spritze, die sie sehr träge machte. Trotzdem war es schön, einfach nur aufs Wasser zu sehen und nicht daran zu denken, was alles schon passiert war, und vor allem, was noch passieren würde. Sie erhielt zwar regelmäßig zu essen und zu trinken, doch sie durfte sich nicht anziehen. Als sie ihn fragte, warum sie nackt sein müsse, murmelte er etwas von Buße für ihre Taten. Sie hatte keine Ahnung, wofür sie büßen sollte, aber es musste wirklich schlimm sein, bei dieser Bestrafung, die leider nicht die einzige war …

ELF

Polizeipräsidium Südosthessen

Adi prüfte mit seinem Team den ganzen Dienstag und Mittwoch bis in den späten Abend hinein jeden einzelnen Forumsbeitrag sämtlicher Opfer. Alle, die bis dahin noch an seiner These gezweifelt hatten, wurden nun eines Besseren belehrt. Das mögliche Motiv schien immer wahrscheinlicher. Hier war ein Mensch auf einem Rachefeldzug gegen all diejenigen, die Nachteiliges, Beleidigendes oder Verletzendes über den OFC geäußert hatten. Adi hatte damit auch den internen Sprachgebrauch geprägt und fortan gab es nur noch einen Namen für den mutmaßlichen Täter: *Racheengel.*

Diese bahnbrechenden Ermittlungsergebnisse waren einzig und allein seiner Hartnäckigkeit zu verdanken, doch leider gab es keinen Anlass, diesen ersten Schritt zu feiern, denn es war ja noch nichts gewonnen. Und als sein Telefon klingelte, veränderte sich plötzlich alles in eine völlig andere Richtung.

Das Telefonat kam direkt von ganz oben und Hessberger hörte fassungslos zu, als man ihm berichtete, dass im benachbarten Hanau ein furchtbarer Anschlag verübt worden war. Im Rhein-Main-Gebiet wurden sämtliche verfügbaren Einsatzkräfte um Amtshilfe gebeten; auch Hessberger sollte mit seinen Leuten bei diesem erschütternden Vorfall den Kollegen vor Ort helfen. Er schaltete den Lautsprecher ein, um die Kollegen mithören zu lassen. Per Telefon bekamen sie eine kurze Zusammenfassung der Ereignisse, bevor sie sich auf den Weg machten.

An diesem Mittwoch, dem 19.02.2020, gegen 22.00 Uhr, hatte der Täter eine Shisha-Bar am Heumarkt in Hanau betreten. Es fielen mehrere Schüsse, vier Menschen starben. Anschließend flüchtete der Unbekannte in einem Auto. Kurz darauf erschoss er, nur wenige Kilometer vom ersten Tatort entfernt, am Kurt-Schumacher-Platz im Stadtteil Kesselstadt einen Mercedes-Fahrer in seinem Auto und vier weitere Personen in einem Kiosk. Es handelte sich um die Angestellten und eine Kundin.

Eine halbe Stunde später trafen Adi, Sina, Rüdiger und einige andere Beamte in Kesselstadt ein.

Gemeinsam mit vielen Kollegen halfen die Offenbacher Kommissare bei der Errichtung von diversen Straßensperren und der Überprüfung von Kennzeichen und Fahrzeugführern.

In dieser Nacht machte Adi kein Auge zu. In den Medien kursierten bereits die unterschiedlichsten Meldungen über Ziele und politische Gesinnung des Attentäters.

Über Funk hörte Adi immer wieder Hinweise auf eine weitere Schießerei im Lamboy-Viertel, die sich zum Glück nicht bestätigten. Als das mutmaßliche Fluchtfahrzeug entdeckt wurde, fanden Adis Kollegen darin Munition und Magazine.

Gegen fünf Uhr morgens gönnte sich Adi gerade einen Becher heißen Kaffee, als er über den Polizeifunk die aktuelle Meldung hörte: „An alle Einheiten: Wir haben den mutmaßlichen Täter und eine weitere unbekannte Leiche in seiner Wohnung aufgefunden."

Am Ende waren elf Menschen bei diesem Amoklauf ums Leben gekommen.

Adi konnte einfach nicht verstehen, dass Menschen zu solch grausamen Taten fähig waren. Natürlich hatte er ständig mit Mördern und Gewaltverbrechern zu tun, aber ein Mörder, der wahllos in die Menge schoss, das war noch schwerer zu ertragen. Schlimmer fand er allerdings die Tatsache, wie schnell die Gesellschaft das vergaß und wieder zur Normalität überging.

ZWÖLF

Freitag, 21.02.2020, 8.30 Uhr, Polizeipräsidium

Hessberger bezeichnete die Architektur des Rathauses gerne als eigenwillig. Früher waren die Ämter der Stadt Offenbach noch auf mehrere Gebäude verteilt gewesen. Ein Architekturwettbewerb führte schließlich zum Bau des neuen Mittelpunkts der Stadt, der am 10. Juli 1971 eingeweiht wurde. Der Stahlskelettbau bestand aus zwei übereinanderliegenden Baukörpern mit unterschiedlichen Grundformen. Über einem dreigeschossigen Flachbau erhob sich ein Hochhaus auf dreieckiger Grundform, das von Pfeilern getragen wurde.

Adi stand mit seinem Team vorm Rathaus. Zehn Minuten zuvor waren sie von der Zentrale per Polizeinotruf verständigt worden. Eine Leiche sei in einem Gebüsch aufgefunden worden.

Mittlerweile war dort ein Menschenauflauf entstanden, der von den Einsatzkräften auf Distanz gehalten wurde. Ein sichtlich schockierter Oberbürgermeister kam auf sie zu. „Furchtbar! Eine tote Frau direkt vor meinem Arbeitsplatz! Sie müssen schnellstens herausfinden, was hier passiert ist. Bitte halten Sie mich auf dem aktuellen Stand der Ermittlungen. Wenn ich Sie unterstützen kann, sagen Sie bitte meiner Assistentin Bescheid. Ich muss leider wieder zurück in eine Besprechung." Und schon war er wieder im Gebäude verschwunden.

„Mein Gott!", entfuhr es Adi, als er erkannte, wer da, halb durch die Sträucher verdeckt, am Boden lag.

*

„Bestrafen, bestrafen, ich werde sie alle bestrafen!", murmelte er vor sich hin. Er lief hektisch in dem düsteren Raum hin und her. An der Wand krabbelte eine dicke Fliege und zog plötzlich seine Aufmerksamkeit auf sich. Es folgte ein lauter Schlag und ein Blutfleck verunstaltete die bis dahin klinisch weiße Wand. Mit einem bösen Lächeln schaute er auf die Reste des Insekts in seiner Handfläche. „So wird es allen Frevlern ergehen."

*

Adi hatte es geahnt und doch immer noch gehofft, nicht recht zu haben. Vor ihm lag Steffi Gerber, die vermisste Schülerin. Sie sah friedlich aus, als würde sie schlafen. Der unbekleidete Körper war in ein weißes Laken gewickelt, auf dem in roter Farbe geschrieben stand: *Gesündigt! Bereut! Gebüßt!*

Rüdiger reagierte als Erster. „Das muss ein total Verrückter sein! Der hält sich wohl für Gott, wenn er glaubt, die Sünden anderer Menschen bestrafen zu können. Wir brauchen so schnell wie möglich die Ergebnisse der Gerichtsmedizin. Vielleicht gibt es ja auf dem Körper Spuren, die uns zum Tatort oder zum Mörder führen."

*

Sina und Adi standen im Stau. Normalerweise benötigten sie für den Weg nach Frankfurt nur etwas mehr als eine halbe Stunde, doch heute schien es wie verhext zu sein. Das Schweigen zwischen ihnen empfand Adi wie eine unüberbrückbare Mauer. Wenn sie alleine waren, bereitete ihm das fast schon körperliche Schmerzen. Die Fahrt zog sich wie ein ewig durchgekauter Kaugummi und keiner redete auch nur ein Wort. Selbst die Gänge der Gerichtsmedizin schienen kein Ende nehmen zu wollen.

Endlich betraten sie den Raum, in dem das tote Mädchen auf einem Obduktionstisch lag. Plötzlich hörten sie eine Stimme, die beide erstarren ließ. „Hallo Sina, hallo Adi! So wie ihr aus der Wäsche schaut, ist meine Überraschung wohl gelungen." Adi stand regungslos da und Sina drehte sich beinahe der Magen um. Wie ein Geist stand Clarissa Wegner vor ihnen.

Sie war brutal vergewaltigt worden. Keiner hätte auch nur einen Pfifferling dafür gegeben, dass sie diese Tat überleben würde. Adi erinnerte sich genau an den Tag, als sie die schwer verletzte Gerichtsmedizinerin in Seligenstadt am Ufer des Mains gefunden hatten. Der Serienkiller hatte ein Exempel an der Frau statuiert, mit der Adi eine heftige Affäre hatte, als seine große Liebe, Sina Fröhlich, todgeweiht im Sana-Klinikum lag. Adi wusste, dass sie eine lange Zeit in psychiatrischen Kliniken verbracht hatte.

Sina und Adi lösten sich aus ihrer Starre. „Wir freuen uns, dass es dir wieder besser geht!", sagte Adi. „Wirst du wieder deinen alten Job übernehmen?"

„Ja, stellt euch vor, heute ist mein erster offizieller Arbeitstag. Ich habe beschlossen, dass die ständige Grübelei und mein Rückzug aus der Gesellschaft endlich Geschichte sind."

Sina ging auf Clarissa zu und umarmte sie kurz. Wieder stand sie vor der Frau, für die sie ein unglaubliches Mitgefühl empfand, die jedoch gleichzeitig ihre Beziehung zu Adi zerstört hatte.

Inzwischen hatte Clarissa ihr Aussehen deutlich verändert, stellte Hessberger fest. Die langen Haare waren verschwunden, stattdessen trug sie einen modischen Kurzhaarschnitt. Ein herber Zug hatte sich tief in ihr Gesicht gegraben. Sie war schlank, fast schon ein wenig zu dünn, doch das Charakteristischste an ihr waren die Augen. Sie schienen nicht mehr lächeln zu können …

„Die Tote hat über einen längeren Zeitraum Beruhigungs- und Betäubungsmittel verabreicht bekommen. Der Körper zeigt keine offensichtlichen Anzeichen von Misshandlung. Gestorben ist sie durch Ertrinken. Sie hatte Wasser in der Lunge, aber der restliche Körper hat nicht im Wasser gelegen. Wie es aussieht, hat der Täter oder die Täterin den Kopf des Mädchens so lange unter Wasser gedrückt, bis sie erstickt ist. Bei der Überprüfung ist mir aufgefallen, dass es sich nicht um Leitungswasser handelte. Aufgrund des Verschmutzungsgrades tippe ich eher auf Flusswasser. Und wenn mich nicht alles täuscht, handelt es sich um Wasser aus dem Main! Aber das muss ich erst noch untersuchen.“

Adi schüttelte den Kopf. „Das arme Ding. Wie lange ist sie schon tot?“

„Höchstens zwölf Stunden“, meinte Clarissa. „Ach, da ist noch etwas, das ihr wissen solltet: Die Haut des Opfers weist keinerlei Spuren, Rückstände oder Abdrücke von Kleidern auf. Es sieht fast so aus, als hätte sie zumindest die letzten Tage nackt zugebracht. Aber sie ist nicht vergewaltigt worden.“

*

„Ich bin froh, dass Clarissa wieder auf dem Weg zur Normalität ist", meinte Sina auf dem Rückweg. „Nach dem, was ihr Furchtbares passiert ist, erscheint es mir wie ein Wunder, dass sie jetzt schon wieder im Dienst ist."

„Wahrscheinlich nutzt sie die Arbeit, um sich von den krassen Erinnerungen abzulenken. Manchmal hilft es, wenn man einfach wieder sein normales Leben führt", erwiderte Adi.

In Sina brodelte es. Sie führte einen ständigen Kampf mit sich selbst, ob sie nun Adi auf seine Affäre mit Clarissa ansprechen sollte oder nicht. „Wie war denn eigentlich euer Verhältnis vor den schlimmen Ereignissen?"

„Wir haben uns gut verstanden, aber ehrlich gesagt war mir Hotte als Gerichtsmediziner lieber." Clarissas Vorgänger war von einem brutalen Serienmörder entführt, umgebracht und anschließend in Hessbergers Wohnung, ausgerechnet in Adis Lieblingssessel, im wahrsten Sinne des Wortes drapiert worden. Adi sträubten sich jetzt noch die Nackenhaare, wenn er daran dachte.

Doch warum war Sina auf einmal so interessiert an Clarissa? Wusste sie etwa Bescheid?

Da es im Moment sowieso schon extrem schlecht lief, wollte er nicht noch zusätzlichen Stress in die Beziehung bringen. Stattdessen wechselte er kurz vor ihrer Ankunft im Präsidium das Thema. „Was war das neulich für eine blöde Aktion von dir, als du unsere Besprechung mittendrin verlassen hast? Du hast dich doch sonst immer im Griff. Gibt es denn Probleme? Läuft da vielleicht etwas mit dir und Lars Mühlbauer? Der himmelt dich ja von morgens bis abends an."

Adi fuhr auf den Parkplatz und schneller, als er sich umschauen konnte, öffnete Sina die Tür, schaute ihn noch kurz an und brüllte: „Arschloch!"

Das Auto schaukelte heftig, als sie die Beifahrertür mit voller Wucht zuwarf.

DREIZEHN

Samstag, 22.02.2020, 13.30 Uhr, Bieberer Berg

Heute wollte Adi alles ausblenden, was es an schlechten Nachrichten in den letzten Tagen und Wochen gegeben hatte, auch die unerfreuliche Entwicklung seiner Beziehung zu Sina. Jetzt musste ein klarer Heimsieg gegen Bahlingen her.

4.141 Zuschauer im Stadion erwarteten gemeinsam mit Adi eine gelungene Wiedergutmachung für die Auswärtsniederlage vom vergangenen Wochenende. Doch schnell wurde Adi wieder von den Geschehnissen eingeholt, denn das Spiel begann mit einer Gedenkminute für die Opfer von Hanau und einem gemeinsamen Appell gegen Hass, Gewalt und Rassismus. Danach gab es aber nur noch Fußball. Adi sah nach fünf Minuten bereits die erste Chance für den OFC nach einer Ecke, Garic zielte knapp über das Tor. Kurz darauf scheiterte Reinhard nach schöner Kombination mit Garic und Firat an Gästekeeper Müller. Doch trotz des Eckenverhältnisses von 7:0 zur Pause gab es keinen Treffer zu bejubeln.

Adi wurde immer nervöser. Er peitschte seine Jungs nach vorne, man konnte ihn durchs ganze Stadion hören. Endlich fiel das erlösende Tor. Nach einer Ecke von Firat köpfte Reinhard in der 50. Minute frei stehend zum 1:0 ein. Kurz darauf folgte das kuriose 2:0 für den OFC. Dierßens Schuss wurde noch geblockt, doch sein Abpraller landete bei Jacob Lemmer. Der traf aber nur seinen eigenen Mitspieler Moritz Reinhardt und von dessen Bein aus landete der Ball unhaltbar im Tor der Gäste.

Adi wusste nun, dass es heute zum Sieg reichen würde und das 3:0 durch Lemmer, wieder einmal vorbereitet von Serkan Firat, war nur noch Formsache. So konnte er die letzten Minuten schon feiern und damit stieg auch die Vorfreude auf den kommenden Samstag, das Spiel gegen die TSG Hoffenheim II.

Im Anschluss ging Adi mit einigen Freunden noch zu Elke ein paar Bierchen trinken. Und als er gegen 23 Uhr nach Hause lief, schien die Welt wieder einigermaßen in Ordnung.

Wie man sich täuschen kann. Die ganze Zeit schwirrte der Gedanke in seinem Kopf, dass Sina so komisch zu ihm war. Hatte sie vielleicht doch ein Verhältnis mit Lars Mühlbauer? War das der Grund für ihr seltsames Verhalten? Er zermarterte sich das Hirn, ob er vielleicht einen blöden Spruch gebracht hatte, aber das machte er ja ständig und bisher konnte Sina damit gut umgehen. Also Mühlbauer! Doch so einfach wollte er nicht aufgeben. Das mit Sina war etwas ganz Besonderes. Und er würde um sie kämpfen, mit allen Mitteln, auch wenn er seinem Kollegen empfindlich auf die Füße treten musste ...

Montag, 24.02.2020, Polizeipräsidium

Die Stimmung im Kollegium war auf dem Tiefpunkt. Adi sprach aus, was alle dachten. „Der Tod von Steffi Gerber hat uns allen sehr zugesetzt, zumal wir bis zum Schluss noch gehofft hatten, sie lebend zu finden. Wenn unsere Theorie stimmt und nur ein Täter für unsere Fälle verantwortlich ist, dann hat er jetzt eine Grenze überschritten. Bisher waren es mutmaßlich nur falsche Spuren, die er gelegt hat, doch nun kommt ein Mord dazu."

„Ich sehe das ein wenig anders", schaltete sich Lars ein. „Bei Steffi Gerber hat unser Mörder zwar direkt getötet, aber in den anderen Fällen hat er den Tod praktisch initiiert. Nur der Bankangestellte lebt noch und hier frage ich mich: warum eigentlich?"

Hessberger schaute seinen vermeintlichen Rivalen skeptisch an, als Sina ihrem Kollegen lauthals zustimmte. „Lars hat vollkommen recht. Der Täter ist für mich ein mehrfacher Mörder, egal wie man es dreht."

Adi war im Prinzip auch dieser Meinung, dennoch ärgerte es ihn furchtbar, dass Sina sich auf Lars' Seite schlug.

Rüdiger merkte, dass die Stimmung langsam kippte. „Lasst uns doch lieber darüber nachdenken, ob die beiden Übriggebliebenen nicht unter Polizeischutz gestellt werden sollten. Wenn unser Täter es tatsächlich auf die Spitze treiben will, sind die beiden in großer Gefahr."

Adi nahm den Faden auf. „Wir lassen Rainer S. noch eine Weile im Gefängnis schmoren, quasi zu seinem Schutz, die Beweise sprechen immer noch eindeutig gegen ihn. Und im Sana-Klinikum bleibt der Wachpolizist vor dem Krankenzimmer."

*

Es war ein düsterer Tag. Nebel lag über dem Mainufer und es war gespenstisch still. Er ging mit festem Schritt und einem großen Eimer in der Hand hinunter zum Fluss und füllte den Eimer mit Flusswasser, bevor er die schwere Last wieder zurücktrug. Bald würde er das Spiel in ganz neue Dimensionen lenken.

„Ich könnte kotzen!", dachte Adi und suchte nach einem Parkplatz in den engen Gässchen von Alt-Bieber. Schon länger hatte er das komische Gefühl gehabt, dass da irgendetwas laufen könnte zwischen den beiden. Seine Neugier trieb ihn, genauer nachzuforschen. Nachdem er Sina und Lars mit dem Auto hierher gefolgt war, wollte er nur mal einen Blick in den Wiener Hof werfen, um zu sehen, wie sich Sina gegenüber Lars Mühlbauer verhielt, wenn die beiden allein waren.

Die Eifersucht nagte an ihm. Wütend schaute er durch ein leicht angelaufenes Fenster und konnte Sina und Lars an einem Tisch sitzen sehen. Sie lachten und redeten. Schienen sich gut zu verstehen.

Adi war hin- und hergerissen. Sollte er einfach reingehen? Doch weder Lars noch Sina würden an einen Zufall glauben. Am Ende würde er als der eifersüchtige Trottel dastehen, der er war, und das wollte er keinesfalls, weshalb er unverrichteter Dinge abzog.

Zu Hause machte er sich eine Flasche Bier auf und setzte sich vor den Fernseher, aber von der Sendung bekam er kaum etwas mit, seine Gedanken waren bei Sina. Würde sie ihn tatsächlich verlassen, ausgerechnet wegen Lars?

„Nein, das werde ich niemals zulassen!"

VIERZEHN

Andrea Paulsen konnte immer noch nicht fassen, dass ihre beste Freundin Steffi ermordet aufgefunden worden war. Natürlich hatte sie schon ein wenig die Hoffnung aufgegeben, als immer mehr Zeit ohne jegliches Lebenszeichen verstrichen war, doch jetzt war es sicher. Nie mehr würden sie zusammen lachen, lästern, erotische Filme drehen oder böse Kommentare in den sozialen Medien verbreiten. Sie saß an ihrem PC, checkte die Mails und stieß auf eine, die sofort ihre Aufmerksamkeit auf sich zog:

Möchtest du wissen, wie die Nacktfotos von dir und Steffi zu eurem Lehrer gelangt sind? Willst du wissen, was zwischen den beiden gelaufen ist? Komm einfach um 23 Uhr zur Carl-Ulrich-Brücke. Ich freue mich auf deine Antwort. Übrigens, falls du Zweifel hast, schau dir einfach die Bilder in der Datei an.

Liebe Grüße Lars

Hessberger saß schlecht gelaunt in seinem Büro, als Lars und Sina durch den Gang liefen. Die beiden wirkten sehr vertraut miteinander. „Sina", rief er durch die offene Tür, „kannst du bitte mal reinkommen?"

Kurz darauf standen Lars und Sina vor Adis Schreibtisch. „Äh, ich habe doch Sina gesagt oder täusche ich mich?", fragte Adi mit gereizter Stimme.

„Schon gut", beschwichtigte Lars. „Bin schon wieder weg. Aber meine gute Laune kannst du mir nicht verderben! Sina und ich hatten einen tollen Abend."

„Und eine wundervolle Nacht", vervollständigte Adi in seinen Gedanken.

Sina fixierte ihn mit ihren dunklen Augen, die Adi von Anfang an in ihren Bann gezogen hatten. „Du bist ja richtig krass drauf, vielleicht sollte ich einfach später noch mal wiederkommen?!"

„Und du scheinst dich ja prächtig mit Lars zu amüsieren. Eigentlich dachte ich, dass wir beide zusammengehören, aber wie es aussieht, scheine ich auswechselbar zu sein!"

Ihre Lippen bebten, Tränen der Wut kullerten über ihre Wangen. „Adi, du bist ein elender Scheißkerl. Machst du mich jetzt echt an, weil ich mit einem Kollegen ein Bier trinken gehe? Du, ausgerechnet du? Es gibt für dich keinen Grund, eifersüchtig zu sein, aber wahrscheinlich denkst du so schlecht von mir, weil du selbst kein reines Gewissen hast. Wenn du nicht mein Chef wärst, würde ich dir jetzt eine knallen!"

Als sie aus dem Büro stürmte, rannte sie Rüdiger fast über den Haufen. Verdattert kam er in Adis Büro. „Was war das denn? Temperament ist scheinbar ihr zweiter Vorname."

Adi saß immer noch wie betäubt da und konnte nicht fassen, dass Sina sauer auf ihn war. Er hatte allen Grund, wütend zu sein, aber doch nicht sie. Und was sollte der Spruch mit dem reinen Gewissen?

Erst jetzt registrierte er, dass Rüdiger ihn fragend ansah. „Sag mal, Rüdiger, hast du Sina irgendwas von der Affäre zwischen Clarissa und mir erzählt?"

Rüdiger fühlte sich merklich unwohl. „Nein, ich habe ihr überhaupt nichts gesagt. Nur dass sie nicht mich fragen soll, sondern euch."

„Euch, hast du euch gesagt, du Vollidiot?" Adi schlug sich an den Kopf. „Wahrscheinlich hat Sina, ohne mir was davon zu sagen, mit Clarissa gesprochen. Deswegen stellt sie in letzter Zeit alles infrage. Ich muss unbedingt mit Clarissa reden und rausbekommen, was Sina wirklich weiß. Es wird Zeit, endlich reinen Tisch zu machen, bevor unsere Beziehung endgültig den Bach runter geht."

*

Du warst nicht an der Brücke. Schade, dass wir uns nicht getroffen haben! Ich habe dir so viel zu erzählen. Du wirst staunen. Ich werde heute wieder auf dich warten, gleiche Uhrzeit, gleicher Ort.

Liebe Grüße Lars

*

Andrea hatte die Nachricht mindestens schon dreimal gelesen. Sie überlegte ernsthaft, den Kommissar anzurufen, der ihr in der Albert-Schweitzer-Schule seine Visitenkarte in die Hand gedrückt hatte. Doch dann dachte sie über die Konsequenzen nach. Wahrscheinlich würde ihr ganzes Umfeld mitbekommen, dass sie erotische Filme drehte – inklusive ihrer spießigen Eltern. Auch wenn die einige Kilometer weit weg wohnten, würde sie sich am Telefon immer wieder Vorwürfe über ihren verruchten Lebenswandel anhören müssen. Nein, sie würde den Kerl einfach ignorieren. Sollte er doch bis zum Sankt-Nimmerleins-Tag an der Brücke warten.

Mittwoch, 26.02.2020, Sana-Klinikum

Am Eingang wurden Adi und Rüdiger von dem sichtlich erschütterten Dr. Voigt in Empfang genommen. Er hatte sie kurz zuvor verständigt und dringend um ihr Kommen gebeten.

„Gut, dass Sie da sind, meine Herren. Es ist etwas Furchtbares passiert." Mit schnellen Schritten führte er sie zu dem Zimmer des Pädophilen. Vor der Tür stand ein Polizist, der ihre Ausweise kontrollieren wollte, doch Adi hatte keine Zeit für solche Kinkerlitzchen, stürmte an ihm vorbei ins Zimmer und blieb dann abrupt stehen.

Albert lag reglos und mit offenen Augen im Bett. Es war sofort klar, dass er tot war.

„Wissen Sie schon, was hier passiert ist?"

Der Arzt schaute Adi direkt in die Augen. „Es ist auf jeden Fall kein Fremdverschulden, aber am Ende gibt es doch einen Schuldigen oder besser gesagt eine Schuldige", sagte er kryptisch. „Und genau deshalb habe ich Sie gleich angerufen. Unsere Schwester Claudia hat ihm über mehrere Tage ein hoch dosiertes Medikament verabreicht, das er laut Patientenakte täglich einnehmen musste. Aber genau dieses Medikament hat seinen Tod verursacht. Wir haben das natürlich sofort überprüft. Und jetzt kommt das Merkwürdige: Kein Arzt hat diese Verordnung in die elektronische Datei eingefügt und niemand kann sich erklären, wie sie hineingekommen ist. Wir gehen von Sabotage aus. Irgendjemand, der nicht dazu berechtigt ist, hat sich in der Klinik an der Akte zu schaffen gemacht.“

Hessberger hatte den Arzt noch nie so verzweifelt gesehen und verspürte tatsächlich ein wenig Mitleid.

*

Zurück im Präsidium trommelte er seine Kollegen im Besprechungsraum zusammen. Nachdem er kurz die Geschehnisse im Sana-Klinikum zusammengefasst hatte, schaute er besorgt in die Runde. „Jetzt haben wir unseren nächsten Toten und müssen schnellstens klären, wie es sein kann, dass ein Dritter Zugriff auf die elektronische Patientenakte bekommen konnte. Mein Bauchgefühl sagt mir, dass es sich um unseren Täter handelt, oder was glaubt ihr?“

Sina hatte sich wieder einigermaßen im Griff und antwortete sachlich. „Wir haben es hier mit einem Täter zu tun, den wir möglicherweise der Hackerszene zuordnen müssen. Er hat wohl alle Möglichkeiten, an private Daten zu gelangen oder falsche Spuren zu legen. Und er kann sich offensichtlich sogar in ein Kliniksystem hacken und eine Patientenakte manipulieren.“ Alle nickten der Kommissarin beifällig zu. „Doch warum hat er die Opfer einerseits subtil in den Selbstmord getrieben, andererseits Steffi Gerber direkt ermordet und Albert T. durch Fälschen der Patientenakte ermordet? Ist es wirklich nur ein einziger Täter?"

Rüdiger schüttelte bei dieser Aussage ungläubig den Kopf. „Unser Racheengel geht bei seinen Plänen unterschiedlich vor. Vielleicht weicht er manchmal von seinem eigentlichen Muster ab?"

Jetzt übernahm Hessberger das Ruder und teilte die Teammitglieder für die weiteren Ermittlungen ein. „Lars, du sprichst mit der Krankenschwester vom Sana-Klinikum, vielleicht ist ihr irgendetwas aufgefallen. Und lass dir einen Ausdruck der Krankenakte mitgeben. Das Wichtigste: Unsere IT soll sich mit dem Krankenhaus kurzschließen, vielleicht können sie Hinweise auf den Täter finden, vorausgesetzt natürlich, die Klinikleitung kooperiert mit uns." Er wandte sich an Sina. „Du hörst dich bei den Kollegen von der Organisierten Kriminalität um. Die Abteilung OK hat eigentlich immer Hinweise zu aktuell tätigen Hackern." Er setzte kurz ab, bevor er Rüdiger ansprach. „Und du prüfst den Hintergrund der Krankenschwester, die Albert betreut hat. Wir dürfen nicht außer Acht lassen, dass sie etwas mit der Sache zu tun haben könnte."

„Und was machst du, Adi?", fragte Lars.

„Ich werde mir sämtliche Fallakten noch mal zur Brust nehmen und versuchen, hinter das Muster zu kommen."

Kaum waren seine Kollegen verschwunden, nahm Adi seinen Autoschlüssel und machte sich auf den Weg zu seinem eigentlichen Ziel. Eine gute halbe Stunde später kam er dort an.

*

Sina sprach mit ein paar Kollegen, die sich in der örtlichen Hackerszene gut auskannten, doch keiner der Beamten konnte ihr weiterhelfen. Am späten Abend wollte sie sich deshalb mit einem guten Bekannten aus der Szene treffen, der aber keinen Bock auf Polizei hatte. Sina akzeptierte er, aber ansonsten waren die Bullen seine erklärten Feindbilder. Sina konnte ihn auch nicht überreden, sich mit ihr im Präsidium zu treffen, weshalb sie ihn zu sich nach Hause einlud. Wie gut, dass sie immer noch ihre eigene Wohnung hatte. Doch vor diesem Treffen hatte sie noch etwas anderes vor. Sie wollte nach Feierabend unbedingt mit Adi reden, denn so konnte es nicht weitergehen. Sie wollte ihm endlich erzählen, dass sie von seiner Affäre wusste.

*

Clarissa Wegner hatte mit vielem gerechnet, aber nicht damit, dass Adi unverhofft und ohne Kollegen bei ihr auftauchte. Aus diesem Grund brachte sie nicht mehr hervor als „du hier?".

„Clarissa, wir müssen reden. Kannst du ein paar Minuten Pause machen?"

Sie nickte und bat ihn in den leeren Aufenthaltsraum der Frankfurter Gerichtsmedizin. Sie war immer noch sehr angetan von Adi, obwohl sie noch lange brauchen würde, um sich wieder auf eine Partnerschaft einzulassen.

Unvermittelt begann Adi auf sie einzureden. „Hast du dich mit Sina getroffen? Was habt ihr geredet? Hast du auch über uns gesprochen?" Vor Nervosität überschlug sich seine Stimme.

Clarissa nahm seine Hand. „Du bist total verliebt in Sina, stimmt's? Aber offenbar vertraust du ihr nicht, sonst gäbe es keine Geheimnisse zwischen euch. Ja, sie hat mich in der Klinik besucht und ja, irgendjemand hat wohl Andeutungen gemacht, dass zwischen uns etwas gelaufen ist. Ich habe weder ihren Kontakt gesucht, noch habe ich von diesem Thema angefangen, aber sie hat mich auf jeden Fall mit dem Vorsatz besucht, die Wahrheit zu erfahren. Sie hat mir in die Augen gesehen und mich gefragt, ob wir zusammen im Bett waren. Da konnte ich ihr doch nicht ins Gesicht lügen. Warum auch? Schließlich hast du mich ja nach kurzer Zeit wieder verlassen."

„Was genau hast du zu ihr gesagt?"

„Ich habe ihr voller Überzeugung gestanden, dass ich dich für einen tollen Mann halte, der nur leider in eine andere verliebt ist."

„Und wie hat sie reagiert?"

„Wir haben noch ein bisschen geplaudert und dann ist sie wieder gegangen. Du hättest ihr das mit uns unbedingt erzählen müssen. Jetzt fühlt sie sich total beschissen, weil du sie betrogen hast, und das auch noch, während sie im Koma lag."

Adi knirschte mit den Zähnen. „Wenn ich das nur früher gewusst hätte. Kein Wunder, dass Sina sich so verhält. Ich muss unbedingt mit ihr reden. Danke, Clarissa, dass du so ehrlich zu mir warst."

„Übrigens Adi, interessierst du dich auch für den Fall oder nur noch für Sina? Ich habe nämlich das Flusswasser untersucht, in dem Steffi Gerber ertränkt wurde, und ich kann dir mit Sicherheit sagen, dass es sich um Wasser aus dem Main handelt."

*

Sina ging zu Adi ins Büro, um endlich eine Aussprache herbeizuführen, doch das Zimmer war leer. Sie setzte sich an seinen Schreibtisch und wollte auf ihn warten. Ihre Augen wanderten über die Tischplatte und blieben an seinem Kalender hängen. Für den heutigen Tag gab es nur einen Eintrag: *Gespräch mit Clarissa.* Ihr Herz klopfte plötzlich wie wild, sie sprang vom Stuhl auf und flüchtete aus dem Raum. Es war wohl immer noch nicht vorbei zwischen den beiden. Auf der Toilette ging sie ans Waschbecken und wusch sich die letzten Spuren ihrer Tränen aus dem Gesicht, dann verpasste sie dem Handtuchautomaten einen Schlag, der ihn fast aus der Verankerung riss.

FÜNFZEHN

Der Boxsack musste schwere Schläge einstecken. Ein ums andere Mal schlugen seine Fäuste mit stakkatoartiger Geschwindigkeit zu. Plötzlich schaute er abrupt aus dem Fenster und fing diabolisch an zu grinsen. Leise sang er vor sich hin:

„Heute back ich, morgen brau ich, übermorgen hol ich der Königin ihr Kind; ach wie gut, dass niemand weiß, dass ich …!"

Er fing an, wie ein Irrer zu lachen, und tanzte wie wild um den Boxsack herum.

＊

Als Adi wieder ins Büro kam, war Sina nicht mehr da. Er fragte Rüdiger nach ihr. Der Kollege vermutete, sie wolle noch etwas recherchieren und sei deshalb früher gegangen.

„Soll sie sich ruhig noch ein wenig ausruhen. Der Fall oder besser gesagt die Fälle werden uns noch manches abverlangen. Übrigens hat mir Frau Wegner mitgeteilt, dass das Wasser, in dem Steffi Gerber ertränkt wurde, zweifelsfrei aus dem Main stammte."

Rüdiger konnte dieser Erkenntnis keine Begeisterung entlocken. „Wo sollen wir denn da anfangen zu suchen? Weißt du, wie viele Möglichkeiten es gibt, wenn unser Täter im Umfeld des Mains zu suchen ist? Aus meiner Sicht ist das kein Detail, das uns weiterbringt."

Adi schüttelte den Kopf. „Ich sehe das anders. Wahrscheinlich kann der Täter viele Dinge von seinem Standort aus erledigen, sich in einen Computer einhacken zum Beispiel. Aber gerade Serientäter neigen häufig dazu, sich vom Erfolg ihres Tuns berauschen zu lassen. Was ist, wenn der Täter im Krankenhaus war, um Alberts schleichenden Tod mitzuerleben? Vielleicht war er auch im Park, als Albert verprügelt wurde. Vielleicht hat er es sogar gefilmt und stellt es irgendwann ins Netz. Irgendjemand muss auch die Botschaften im Haus und auf der Plakatwand angebracht haben. Und wie kam Steffi Gerbers Leiche vor das Rathaus? All das passt nicht zu einem Täter, der kilometerweit entfernt wohnt. Lass uns noch mal die Schriftanalysen ansehen, die unsere Experten angefertigt haben. Ich habe mir das alles zwar schon vier- oder fünfmal durchgelesen, aber es hilft ja alles nichts."

Rüdiger holte aus der Akte ein Blatt hervor: „Rechtshänder", zitierte er. „Zwischen 25 und 45 Jahre alt, aus dem Schriftbild schließen die Experten auf einen dominanten Charakter. Das war es leider schon."

„Okay, da ist also auch nicht viel zu holen. Meiner Meinung nach sollten wir uns auf die Eingrenzung seines Standorts konzentrieren."

„Wie du meinst, Adi. Schauen wir uns alle bekannten Orte noch einmal an. Stadtkrankenhaus, Bachschule, Rathaus, Schlachthof, diese Punkte liegen alle nur ein paar Kilometer vom Main entfernt."

„Irgendwo zwischen Bürgel und dem Hafengebiet hast du dich verkrochen", murmelte Adi vor sich hin. „Und wenn du den ersten Fehler machst, dann packen wir dich an den Eiern!"

*

103

Hessberger hatte noch ein Feierabendbier getrunken und war nun auf dem Weg nach Hause in die Goerdelerstraße. Seit er damals seinen guten Freund Hotte, den Gerichtsmediziner Dr. Horst Pelzer, in seinem Wohnzimmersessel tot aufgefunden hatte, beschlich den Kommissar immer ein mulmiges Gefühl beim Betreten seiner Wohnung. Noch immer sah er die Szene so wirklichkeitsnah vor sich, als habe sich alles gerade erst abgespielt. Als der Leichnam seines Freundes damals abtransportiert wurde, hatten die Kollegen das Sitzmöbel zur Spurenanalyse gleich mitgenommen. Hessberger hatte sich geweigert, den Sessel wieder zurückzunehmen, deshalb blieb der Platz seit jenem Tag leer. Genauso leer, wie sich Hessberger fühlte, wenn er an die Menschen dachte, die der Serientäter grausam ermordet hatte.

Als er vor seiner Wohnungstür stand, drehte er, einem plötzlichen Impuls folgend, wieder um und machte sich auf den Weg zur Wohnung von Sina Fröhlich. Obwohl er immer noch einen Schlüssel hatte, klingelte er.

„Hallo, wer ist da?", hörte er ihre Stimme scheppernd durch die Sprechanlage.

„Ich bin's, Adi. Du, ich wollte mal ungestört mit dir reden."

„Adi, das passt jetzt überhaupt nicht. Lass es uns verschieben."

„Aber warum denn? Hast du Besuch?"

„Äh, Adi, tut mir leid, aber … Wir sprechen uns morgen. Tschüss."

Hessberger war von dieser Abfuhr wie vor den Kopf geschlagen. Alles schien aus dem Ruder zu laufen. „Es kommt der Tag, an dem bringe ich dieses Arschloch von Mühlbauer um!"

Donnerstag, 27.02.2020, Polizeipräsidium Südosthessen

Bei der ersten Begegnung am Kaffeeautomaten im Flur kackte Adi seinen Kollegen Lars Mühlbauer an. „Vielleicht solltest du mal früher ins Bett gehen, dann würdest du es auch schaffen, deine Berichte rechtzeitig vorzulegen. Ich habe überhaupt keinen Bock auf diese ständige Schlamperei."

Adi rauschte zurück in sein Büro und ließ den perplex dreinschauenden Mühlbauer im Gang stehen.

Kurz darauf kam Sina in sein Büro, deren Gespräch mit dem Hacker leider erfolglos war. „Adi, sorry, das hat gestern einfach nicht gepasst. Ich hatte Besuch und der hatte kein Interesse daran, dich zu sehen."

„Du kannst in deiner Freizeit machen, was du willst, solange die Arbeit nicht darunter leidet!"

„Was wolltest du eigentlich mit mir besprechen? Vielleicht könnten wir uns ja heute Abend treffen?"

Adi schaute sie kurz an. „Hast du heute mal keinen Männerbesuch? Komme ich denn gleich dran oder brauche ich eine Wartemarke?"

*

Als Adi spät abends noch durch den Park lief, hörte er auf einmal eine bekannte Stimme. „Hallo Adi, ich habe auf dich gewartet, weil es endlich mal an der Zeit ist, dass wir unser Problem wie Männer lösen."

Adi sah Lars an und fühlte die ganze Wut der letzten Tage in sich aufsteigen. Lars schubste ihn von sich weg, es wirkte ein wenig wie der Anfang einer Schulhofklopperei zwischen zwei pubertierenden Schülern. Adi schubste zurück und dann brachen auf einmal alle Dämme. Ein ansatzloser Faustschlag landete auf Lars Mühlbauers Nase. Wutentbrannt stürzte sich dieser auf Adi und ein Faustschlag nach dem anderen prasselte auf Hessbergers Rippen, bis Adi den jüngeren Kollegen zu fassen bekam und ihn in den Schwitzkasten nahm. Doch der konnte sich mit einem gezielten Schlag mitten in Adis Kronjuwelen aus dem Würgegriff befreien.

Nach einer gefühlten Ewigkeit lagen beide nach Atem ringend auf dem kalten Waldboden. Adi spürte eine große Leere in sich. Er fühlte sich kein bisschen besser, nachdem er sich mit seinem Nebenbuhler wie ein Schuljunge geprügelt hatte.

Lars sah ziemlich beschissen aus und wahrscheinlich bot auch er keinen schönen Anblick. Auf einmal tat ihm der Kollege etwas leid. „Komm, ich helfe dir hoch. Kannst du aufstehen?"

Lars reichte ihm die Hand und als beide wieder in der Lage waren zu gehen, zogen sie wie zwei geprügelte Hunde davon.

Freitag, 28.02.2020, Polizeipräsidium Südosthessen

Am nächsten Tag waren die Kommissare das vorherrschende Gespräch auf dem Revier. Überall wurde getuschelt, denn beide sahen aus, als habe ein Zug sie überrollt. Lars und Adi behaupteten, die Treppe hinuntergefallen zu sein, was ihnen natürlich niemand wirklich glaubte. Auch Sina und Rüdiger waren fassungslos über das Aussehen ihrer Kollegen.

Rüdiger brachte es auf den Punkt: „Ja Sina, jetzt hast du es tatsächlich geschafft, dass sich zwei Männer um dich prügeln. Und was ist das für ein Gefühl?"

„Das kann doch nicht dein Ernst sein", echauffierte sie sich. „Du glaubst doch nicht ernsthaft, dass sie sich wegen mir …?"

„Lars macht dir schon seit dem ersten Tag schöne Augen", fiel er ihr ins Wort. „Und gleichzeitig ist die Beziehung zwischen Adi und dir immer mehr den Bach runter gegangen. Da muss man kein Prophet sein, um eins und eins zusammenzuzählen."

Damit ließ er die nachdenkliche Sina alleine zurück.

Am Nachmittag machte sich Sina auf den Weg in Adis Büro. Zu ihrer Überraschung traf sie dort auf Lars Mühlbauer. „Da habe ich ja die Richtigen beisammen. Na, fühlt ihr euch jetzt wie richtige Männer, weil ihr euch gegenseitig die Fresse poliert habt? Ganz ehrlich, solche Idioten wie ihr, mit diesem kindischen Balz- und Imponiergehabe, kotzen mich an! Ich denke, ihr kommt beide nicht für mich infrage. Ab jetzt werden wir uns nur noch auf das Berufliche beschränken!"

SECHZEHN

Freitag, 28.02.2020, 20.30 Uhr, Sparda-Bank Hessen Stadion

Andrea brauchte Kohle für das anstehende Partywochenende, deshalb hielt sie kurz am Stadion an, um in der Filiale der Sparda-Bank fünfhundert Euro am Automaten zu holen. Die Zweigstelle war direkt ins Stadion integriert und da man davor immer einen Parkplatz bekam, war der Geldautomat für die Schülerin perfekt, denn sie wohnte nicht weit entfernt. Ein leichter Wind ließ die Temperatur von drei bis vier Grad noch etwas kälter erscheinen. Trotz der Straßenbeleuchtung wirkte die Szenerie düster und unheimlich, aber Andrea war kein ängstlicher Typ. Sie war oft im Dunkeln allein unterwegs, genau wie heute. Sie musste grinsen, denn sie dachte an diesen Idioten Lars, der wahrscheinlich jeden Abend an der Carl-Ullrich-Brücke auf sie wartete. Der konnte ihr dermaßen was von gestohlen bleiben. Sie tippte ihre PIN in den Automaten ein und hörte das Rattern, als die Geldscheine ausgegeben wurden. Was sie nicht hörte, war, dass hinter ihr jemand den Automatenraum betreten hatte.

Samstag, 29.02.2020, 9.45 Uhr, Polizeipräsidium

Rüdiger und Adi hatten an diesem Samstag Dienst. Bisher war es ein ruhiger Wochenendstart gewesen. Damit war es jedoch vorbei, als eine Meldung auf ihren Schreibtisch flatterte. „Beamte haben am Stadion Papiere von Andrea Paulsen gefunden", las Salzmann. „Klingelt es bei dir, wenn du diesen Namen hörst, Adi? Das ist die beste Freundin der toten Steffi Gerber. Das kann unmöglich Zufall sein."

Adi blickte ihn scharf an. „Du meinst, unser Racheengel hat schon wieder zugeschlagen?"

Salzmann musste nichts erwidern. Sie machten sich auf den Weg zur Sparda-Bank-Filiale. Dorthin, wo die Bankkarte und ein Schlüsselbund des Mädchens gefunden worden waren.

Als sie ein paar Minuten später am Bieberer Berg eintrafen, war die Spurensicherung schon vor Ort.

„Na, habt ihr am Wochenende nichts Besseres zu tun, als zu arbeiten?"

Adis Bemerkung entlockte den Beamten nur ein müdes Grinsen. „Es gibt höchstwahrscheinlich Tausende Fingerabdrücke und die meisten davon werden wir nicht zuordnen können. Dafür haben wir uns die Bilder der Überwachungskamera angesehen, und da ist mir beim Schnelldurchlauf etwas aufgefallen. Entweder waren am Donnerstag und am Freitag jeweils dieselben Personen zur gleichen Zeit am Bankautomaten oder die Kamera wurde manipuliert. Jedenfalls gibt es keinerlei Bildmaterial von Frau Paulsen, wie sie diesen Automaten benutzt hat. Trotzdem wurden gestern um 20.32 Uhr 500 Euro mit ihrer Karte abgehoben. Zu dieser Zeit hielt sich aber laut Kamera kein Mensch in der Filiale auf."

Rüdiger und Adi fuhren direkt weiter zur Adresse des Mädchens in der Aschaffenburger Straße. Sie mussten nur ein paar Hundert Meter bergauf fahren, bis sie zu dem Mehrfamilienhaus kamen, in dem Andrea Paulsen wohnte. Nachdem sie mehrere Schlüssel ausprobiert hatten, fand sich endlich der richtige und sie standen in einer schicken Wohnung.

„Wie sich diese jungen Mädchen bloß eine solche Bude leisten können", meinte Rüdiger beim Betreten des Wohnzimmers. Alles wirkte aufgeräumt, fast schon ein wenig steril. Was die Kommissare wunderte, war der Umstand, dass so wenig persönliche Bilder an den Wänden hingen. Dann fingen sie an, die Wohnung systematisch zu durchsuchen.

„Adi, schau mal, was ich gefunden habe." Rüdiger hielt einen Stapel Fotografien in der Hand. „Die waren alle im Schrank zwischen den T-Shirts versteckt."

Es handelte sich um erotische Schwarz-weiß- und Farbbilder, die den wunderschönen Körper von Andrea in allen möglichen Varianten zeigten. Nachdem sie die Hälfte der Bilder durchgesehen hatten, kamen auf einmal auch andere Mädchen zum Vorschein, die nackt abgelichtet worden waren, unter anderem Steffi Gerber. In der gesamten Wohnung gab es Verstecke mit haufenweise Bildmaterial. Ein Teil der Fotos war identisch mit den Aufnahmen, die im Haus des Lehrers gefunden worden waren.

„Wahrscheinlich werden wir auf dem Computer des Mädchens weiteres Material finden." Auf dem Schreibtisch stand ein hochwertiger Laptop. „Wenn der mit einem Passwort geschützt ist, brauchen wir die Unterstützung der IT", meinte Rüdiger.

Adi schaltete das Gerät ein. Der Benutzername des Mädchens war schon vorgegeben und als er die Enter-Taste drückte, ging es direkt los. Sie durchforsteten zuerst die Bild- und Videodateien. Es würde Tage dauern, alle diese Filme zu sichten, deshalb entschlossen sie sich, den Computer im Präsidium genauer zu untersuchen. Sie schauten noch kurz in den Mailverlauf, als beiden der Atem stockte.

Montag, 02.03.2020, 11.00 Uhr, Polizeipräsidium

Inzwischen lief die am Wochenende von Hessberger initiierte Großfahndung nach Andrea Paulsen auf Hochtouren. Jeder Polizist in Uniform verfügte über ein Foto der Vermissten. Hessberger hatte zwar mit den Eltern des Mädchens gesprochen, aber die hatten kaum eine Ahnung, womit ihre Tochter den Tag verbrachte. Adi deutete vorsichtig an, dass in der Wohnung viele Fotos gefunden worden seien, worauf er die Antwort bekam, dass Andrea sich schon immer für Fotografie interessiert hätte. Er brachte es nicht übers Herz, die Eltern über die besonderen Neigungen der Tochter aufzuklären. Sina, die an diesem Gespräch teilgenommen hatte, war in diesem Moment stark beeindruckt, wie einfühlsam Adi vorgehen konnte, wenn er denn wollte.

*

Die Kommissare trafen sich im Besprechungsraum des Präsidiums, um die Mails auf dem Computer von Andrea Paulsen zu analysieren. Die zwei Mails, um die es ging, hatten sie per Beamer an die Wand geworfen und lasen sie bestimmt schon zum zehnten Mal. Beide waren mit dem Namen „Lars" unterzeichnet und beide luden Andrea ein, sich mit ihm an der Carl-Ulrich-Brücke um 23 Uhr zu treffen.

„Der Unbekannte hat im Vorfeld mit Andrea Kontakt aufgenommen", begann Adi. „Warum hat sie sich nicht bei uns gemeldet? Und so langsam bestätigt sich mein Verdacht, dass der Täter wahrscheinlich näher wohnt, als uns lieb ist."

„Adi hat recht", meinte Sina. „Offenbar hat er es nicht weit bis zur Carl-Ulrich-Brücke, wenn er bereit ist, jeden Abend dort zu warten. Hast du gesehen, Lars, der Typ heißt genauso wie du. Vielleicht sollten wir dich mal gründlich überprüfen." Ein verschmitztes Grinsen umspielte ihren Mund.

„Das ist nicht komisch! Meinst du, ich möchte mit so einem Psycho verglichen werden?" Beleidigt verzog Lars sein immer noch stark malträtiertes Gesicht.

„War doch nur Spaß. Ihr Männer benehmt euch wie Schulbuben, aber wehe, es macht jemand einen Witz über euch. Seltsam ist diese Namensgleichheit schon. Was mich auch etwas stutzig macht, ist die Tatsache, dass dieser Lars einiges über sein Opfer zu wissen scheint. Wenn es so einfach ist, Informationen zu sammeln, sollte man vielleicht etwas sorgsamer sein mit dem, was man im world wide web oder auf PCs schreibt. Lasst uns den Computer in die IT-Abteilung bringen, vielleicht können die uns die Identität des Racheengels auf dem Präsentierteller liefern."

SIEBZEHN

Dienstag, 03.03.2020, 6.30 Uhr, Goerdelerstraße

Schlaftrunken griff Adi nach dem unaufhörlich läutenden Handy. „Hessberger! Sorry, dass ich dich aus dem Bett hole, aber hier brennt der Baum. Sie haben heute Morgen zu Beginn der Frühschicht Lars verhaftet."

Rüdiger Salzmann musste seinen Text mehrfach wiederholen, bis Hessberger so wach war, dass er den Inhalt realisierte. „Ich bin in zwanzig Minuten im Präsidium."

*

Mit nassen Haaren und einem falsch geknöpften Hemd erschien Hessberger auf dem Präsidium. Sina war inzwischen auch im Haus und die drei Kommissare zogen sich in den Besprechungsraum zurück.

Rüdiger hatte inzwischen alle Einzelheiten parat. „Unsere IT hat die Mailadresse des Täters zurückverfolgt. Es hat eine Weile gedauert, bis sie die Verschlüsselung geknackt hatten, doch dann führte die Spur direkt zum Mailprogramm vom Kollegen Mühlbauer. In so einem Fall ist die Vorgehensweise ziemlich klar, aber das weißt du ja selbst am besten, Adi. Sie haben sofort den Staatsanwalt informiert, im Augenblick wird seine Wohnung durchsucht. Die Beamten vor Ort kenne ich ziemlich gut und wir werden sofort benachrichtigt, sobald sie etwas finden sollten."

Einige Minuten später läutete Salzmanns Handy. „Ja – ja, nein! Das gibt es doch gar nicht. Seid ihr sicher? Kein Zweifel möglich? Okay, dann haltet mich auf jeden Fall auf dem Laufenden."

Sina platzte fast vor Neugier. „Was haben sie gesagt? Ist wirklich etwas dran an der Sache?"

Rüdiger schaute Sina mit traurigem Blick an. „Leider muss ich erst kurz mit Adi unter vier Augen sprechen. Kannst du uns bitte kurz alleine lassen?"

„Nicht euer Ernst! Ich dachte, wir sind ein Team!" Wütend stapfte sie aus dem Raum.

„Spinnst du, Rüdiger? Warum darf Sina nicht bei unserem Gespräch dabei sein? Sie ist eine von uns!"

„Genau deshalb habe ich sie rausgeschickt. Du wirst es gleich verstehen, wenn du mich endlich mal zu Wort kommen lässt. Der Verdacht hat sich leider bestätigt. Unser Kollege hat den kompletten Mailverkehr mit Andrea Paulsen auf seiner Festplatte. Leider ist das noch nicht alles. Er hat auch Fotos von Steffi Gerber auf seinem Computer. Sie wirkt darauf stark betäubt und sie ist nackt."

„Das ist ja grauenhaft! Aber was zum Teufel hat das mit Sina zu tun?"

„Auf dem Computer sind leider noch andere Bilder", erklärte Salzmann. „Und zwar solche, die einst unser Serienkiller gemacht hat. Du musst jetzt ganz stark sein, Adi. Es sind Nacktfotos von Sina …

*

Was war bloß passiert? Ihr Kopf schien zu zerplatzen. Das Dröhnen darin machte es unmöglich, einen klaren Gedanken zu fassen. Ein leichter Luftzug strich über ihren Körper und sie fröstelte ein wenig. Sie schaute an sich herab und merkte, dass sie vollkommen nackt auf dem Boden lag. Sie suchte nach irgendetwas, mit dem sie sich hätte bedecken können, aber da war nichts.

*

Hessberger ging langsam Richtung Sinas Büro. Rüdiger hatte sich angeboten, ihr die Sache mit Lars und den Bildern beizubringen, aber schließlich war er der Vorgesetzte. Und dieses Thema war für ihn nicht nur Chefsache, er wollte es, trotz aller Schwierigkeiten, seiner Liebsten selbst sagen. „Ich muss mit dir reden."

Sina hörte schon an seiner Stimme, dass es sich um etwas Ernstes handelte. „Du brauchst mich wegen Lars nicht zu schonen. Sag einfach, was die Kollegen herausgefunden haben, ich bin nämlich schon ein großes Mädchen."

„Also gut, du wirst es sowieso irgendwann erfahren. Lars hat die Mails an Andrea Paulsen geschickt. Scheint ein eindeutiger Beweis zu sein. Das ist aber noch nicht alles."

Sie hielt sich vor Schreck die Hand vor den Mund. „Also schlimmer kann es ja nicht mehr werden!"

„Das sehe ich anders. Er hat nämlich auch Fotos von Steffi Gerber auf seiner Festplatte. Diese Fotos sind eindeutig nach ihrem Verschwinden entstanden. Auf den Fotos wirkt das Mädchen wie unter Drogen gesetzt."

„Oh mein Gott! Wie furchtbar! Ich hätte niemals im Leben vermutet, dass Lars so sein könnte." Sina wirkte total verstört.

Adi zögerte.

Sina verengte die Augen zu Schlitzen. „Da ist doch noch mehr, ich kenne dich! Jetzt rück endlich raus mit der Sprache. Das ist ja nicht mehr auszuhalten!"

Mittwoch, 04.03.2020, 10 Uhr, Frankfurt am Main

Lars Mühlbauer saß auf der harten Pritsche und schaute sich in der Zelle um. Ein vergittertes Fenster, ein Tisch mit zwei Stühlen. Ansonsten gab es nur noch eine Toilette und ein Poster mit den Regeln, die hier zu befolgen waren. Wie hatte das alles nur passieren können?

Es klopfte. Die Tür ging auf. Zwei Polizeibeamte und ein Staatsanwalt standen vor ihm und teilten ihm mit, dass er unter dem Verdacht stünde, Steffi Gerber entführt und getötet zu haben. Weiterhin sei er dringend tatverdächtig, Andrea Paulsen entführt zu haben.

Er sah die Beamten und den Staatsanwalt fassungslos an. Wie waren sie nur auf ihn gekommen?

*

Als Adi ihr am Vortag eröffnet hatte, dass alles auf Lars Mühlbauer als wahrscheinlichen Mörder hindeutete, war sie wie vor den Kopf geschlagen. Doch als noch schlimmer empfand sie den Umstand, dass Lars sich die krassen Aufnahmen ihres Körpers auf den Computer geladen hatte. Immerhin war er für sie ein bisschen mehr als nur ein Kollege gewesen.

Nachdem sie eine Nacht darüber geschlafen hatte, kamen ihr jedoch Zweifel. Es musste sich um einen Irrtum handeln, denn sie traute es Lars einfach nicht zu. Sie musste mit Adi über ihre Gedanken sprechen.

Hessberger schaute kurz auf, als Sina sein Büro betrat. Ein ganz klein wenig skeptisch betrachtete er die beiden Kaffeebecher, die sie in der Hand hielt. „Du willst etwas von mir, oder? Sonst bringst du mir nie einen Kaffee ins Büro. Falls du Urlaub brauchst, das ist aktuell nicht möglich, aber den Kaffee nehme ich trotzdem."

„Ich bin wirklich viel zu leicht zu durchschauen." Sie grinste. „Aber du hast natürlich recht, ich möchte mit dir über Lars sprechen."

Adi schlürfte den heißen Kaffee. „Im Moment spricht nicht viel für die Unschuld unseres Kollegen, falls du das meinst. Die Beweislast ist erdrückend, sodass ihm nur ein Wunder helfen könnte."

„Oder du", meinte Sina. „Wir müssen auf jeden Fall die Wahrheit rauskriegen!"

„Egal, wie die Wahrheit am Ende aussieht? Bist du bereit zu akzeptieren, dass Lars vielleicht ein ganz anderer Mensch ist, als wir dachten? Würdest du akzeptieren, dass wir ihn am Ende vielleicht als mehrfachen Mörder überführen müssen?"

Sina schüttelte den Kopf. „Glaubst du denn, dass Lars es gewesen ist?"

*

Am Nachmittag setzten sich Sina, Adi und Rüdiger zusammen, um noch einmal alle Fakten durchzugehen. An der Wand hing ein riesiges Plakat. Darauf wollten die drei alle

Hinweise auflisten, die für oder gegen eine Schuld ihres Kollegen sprachen. Mails, Bilder, IP-Adresse, das waren alles schlagkräftige Beweise.

Unvermittelt stand Adi auf und lief durch den Raum. Innerlich war er hin- und hergerissen. Im Prinzip wäre es eine wunderbare Fügung, wenn sein Widersacher auf diesem Weg von der Bildfläche verschwinden würde. Doch es war überhaupt nicht seine Art, schadenfroh zu sein oder nicht alles zu versuchen, um die Unschuld seines Kollegen zu beweisen.

„Ehrlich gesagt habe ich so meine Zweifel bei diesem Fall. Unser Täter hat sich bis jetzt damit hervorgetan, dass er Meister in puncto Tarnen und Täuschen war. Er hat falsche Spuren gelegt und uns mehrfach in die Irre geführt. Jetzt soll er auf einmal total unvorsichtig sein und uns auch noch direkt auf seine Spur bringen? Das ist zu einfach. Im Prinzip sollten wir in Betracht ziehen, dass Lars das gleiche Schicksal erleidet wie unsere anderen Opfer. Natürlich könnte es auch ein doppelter Schachzug sein, indem der Täter glaubt, dass wir genauso denken und sich deshalb absichtlich belastet hat. Das wäre eine außergewöhnliche Taktik, dass man es schafft, mittels eindeutiger Schuldhinweise am Ende freigesprochen zu werden. Doch diese Art, um die Ecke zu denken, liegt unserem St.-Pauli-Fan nicht so gut. Mein Bauchgefühl sagt mir, dass Lars nicht unser Racheengel, sondern ein weiteres seiner Opfer ist."

Hessberger meldete sich bei der Gefängnisleitung an, um Lars Mühlbauer zu besuchen. Lars sah gar nicht gut aus. Man konnte ihm ansehen, dass er wahrscheinlich kein Auge zugemacht hatte.

Er hob den Kopf, als er seinen Chef vor sich stehen sah. „Na Adi, ist das jetzt für dich ein schöner Moment, mich hier im Knast zu sehen? Besser konnte es für dich gar nicht laufen. Der vermeintliche Täter ist gefasst und gleichzeitig bist du mich als Konkurrenten bei Sina endlich los. Win – win!"

„Erstens sehe ich dich nicht als Mitbewerber um Sinas Gunst, jedenfalls nicht als ernsthaften, denn das, was sie wirklich braucht und will, das bin ich. Zweitens denke ich, dass du reingelegt wurdest."

Jetzt kam auf einmal Leben in Lars' Gesichtszüge. „Du glaubst mir, obwohl du meinen Teil der Geschichte noch gar nicht kennst?"

„Wie lautet denn deine Version?"

„Das ist ja mein Problem", stöhnte Lars. „Es gibt keine. Ich habe keinen blassen Schimmer, wie das ganze Zeug auf meinen Computer gelangt ist. Es ist mir auch völlig schleierhaft, ob jemand in meiner Wohnung war, um die Beweise zu deponieren, oder ob sich jemand in meinen Computer eingeloggt hat, aber eines ist sicher: Ich habe keines der Bilder vorher jemals gesehen! Außer natürlich im Rahmen unserer Ermittlung. Auch die Bilder von Sina nicht, ehrlich!"

Freitag, 06.03.2020, 10.30 Uhr, Polizeipräsidium

Nach der mühsamen Auswertung all der Hinweise, die bei der Großfahndung nach Andrea Paulsen eingegangen waren, stand fest, dass nichts Entscheidendes dabei war.

Adi verabredete sich mit Rüdiger im Büro der IT-Boys, wie er sie heimlich nannte. Die Kommissare bombardierten die Spezialisten mit ihren Fragen und speziell Rüdiger war kaum zu bremsen. „Ist es möglich, dass sich jemand von außen in Mühlbauers PC eingehackt hat? Wie hat der- oder diejenige das angestellt? Könnt ihr feststellen, ob die Nachrichten wirklich von ihm versendet wurden? Könnt ihr anhand der Fotos feststellen, wo und wie sie aufgenommen wurden?"

„Ruhig, Brauner! Jetzt lass uns halt auch mal zu Wort kommen." Dali schaute die Kommissare kurz an und meinte dann lapidar: „Unser Mann in der Rechtsabteilung sagt in solchen Fällen immer: ‚Es kommt drauf an.' Im Prinzip ist alles möglich und die Technik ist in diesem Fall gleichzeitig Fluch und Segen. Wenn wir davon ausgehen, dass alle Hinweise gefälscht sind, dann haben wir es mit einem Mega-Hacker zu tun. Ganz ehrlich, wir tun, was wir können, aber ich glaube nicht, dass er Fehler gemacht hat."

*

Das Wochenende verbrachte Adi im Büro. Ursprünglich hatte er versucht, Sina zu überreden, mit ihm einen trinken zu gehen, leider erfolglos. Er hatte sich einen Projektor ins Büro gestellt und suchte auf den Bildern der Mädchen nach Hinweisen. Er vergrößerte die Fotos, bis sie unscharf wurden, und suchte im Anschluss noch mit einer großen Lupe nach brauchbaren Details. Es war wie verhext. Gerade schaute er sich den Teilausschnitt einer Aufnahme zum dritten Mal an, als er eine kleine Spiegelung zu sehen glaubte. Er ging noch näher mit der Lupe heran und veränderte immer wieder den Blickwinkel. Ganz außen auf der Vergrößerung war im Hintergrund etwas Glitzerndes zu sehen. Und wenn ihn nicht alles täuschte, dann wusste er auch, was es war.

Doch er musste sichergehen und deshalb ging er wieder ins Büro der IT-Boys. Nur Lothar hatte Wochenend-Notdienst. Hessberger zeigte ihm, was er gefunden hatte, doch der IT-Spezialist sah ihn skeptisch an. „Ich glaube nicht, dass wir mit diesem kleinen Ausschnitt viel anfangen können, aber vielleicht können wir das Ganze noch ein wenig aufpimpen. Es wird allerdings eine Weile dauern."

Montag, 09.03.2020, 10.15 Uhr, Polizeipräsidium

Heute war Kickerstag. Was auch immer an diesem Tag passieren würde, Adi hatte sich fest vorgenommen, den Abend in Elversberg zu verbringen. Das Flutlichtspiel seiner Kickers wollte er nicht als Fernsehübertragung ansehen, sondern live dabei sein. Doch jetzt galt es erst einmal, die Zeit bis dahin sinnvoll zu nutzen. Zuerst meldete er sich bei der IT. Nachdem er wieder zurück in sein Büro gekommen war, klingelte er kurz bei Sina und Rüdiger an. Ein paar Minuten später saßen die Kommissare bei einer Kanne Kaffee in Hessbergers Büro. „Schaut euch diese Vergrößerung einmal genauer an. Fällt euch irgendetwas auf?"

Rüdiger betrachtete das Bild aus allen Perspektiven, konnte aber nichts feststellen. Sina war es, die etwas zu erkennen glaubte. „Auf dem Bild ist eine kleine Spiegelung zu erkennen."

„Sehr gut!", lobte Adi. „Und jetzt schaut bitte auf diese Vergrößerung, es ist ein Ausschnitt des Bildes. Man kann die Umrisse eines Fensters erkennen und das dahinter ist, wenn mich nicht alles täuscht, Wasser."

„Der Main!", stießen beide gleichzeitig hervor.

Das konnte für ihre Ermittlungen wirklich einen entscheidenden Schritt nach vorne bedeuten. Adi fasste kurz zusammen: „Steffi Gerber wurde in einer Wohnung gefangen gehalten, die vermutlich einen Blick auf den Main bot. Damit ist Lars Mühlbauers Wohnung raus aus der Lostrommel. Die Spusi hat auch keinerlei Spuren bei Lars zu Hause gefunden. Natürlich hätte er auch von einem anderen Ort aus agieren können. Es ist also noch kein Beweis für seine Unschuld."

Sina war die Aufregung anzumerken. „Können wir anhand des Fotos das Täterumfeld näher eingrenzen? Vielleicht kann man die Entfernung zum Main berechnen und aus dem Winkel das mögliche Stockwerk ableiten. Da wir ja immer noch davon ausgehen, dass der Täter in einem Radius von höchstens zehn Kilometern aktiv ist, bringt uns das bestimmt näher an ihn heran. Und dann können wir endlich beweisen, dass Lars unschuldig ist."

Montag, 09.03.2020, 19.30 Uhr, Ursaphan-Arena an der Kaiserlinde

Adi hatte es rechtzeitig geschafft, sich aus dem Präsidium zu stehlen. Eine halbe Stunde bis Spielbeginn, also blieb Zeit für die obligatorische Stadionwurst und ein kaltes Bier, dann ging es endlich los. Er stand mit den Fans im Gästeblock und peitschte von der ersten Minute an seine Kickers nach vorne. Leider musste er zugeben, dass die Elversberger in Halbzeit eins das bessere Team waren. Aus Sicht der Heimmannschaft vergab Manuel Feil die beste Möglichkeit, der in der 26. Minute per Foulelfmeter am sehr gut aufgelegten OFC-Keeper Dominik Draband scheiterte. Realistisch betrachtet, das war Adi klar, hatte sich der OFC gerade so mit einem torlosen Unentschieden in die Halbzeit gerettet. Der Großteil der 1.347 Fans kam an diesem Abend aus Offenbach. Nur ein paar armselige heimische Unterstützer hatten sich im Stadion eingefunden. So was würde Adi nie begreifen. Die Heimmannschaft lag aktuell auf dem zweiten Tabellenplatz mit Aufstiegsambitionen, dann war es auch noch ein Flutlichtspiel gegen Kickers Offenbach, da müsste normalerweise die Hütte bis zum letzten Platz ausverkauft sein. So etwas hätte es am Bieberer Berg nicht gegeben. Aber die Kickers waren von der Tabellenspitze und von einem Treffer noch weit entfernt. Doch langsam kam der OFC besser ins Spiel und brachte die Heimmannschaft immer mehr aus dem Rhythmus. Dann kam es, wie es für Adi kommen sollte. Der kurz zuvor eingewechselte Marco Schikora traf in der 65. Minute zum 0:1. Die Vorlage kam von Serkan Firat. Und Schikora entpuppte sich endgültig als Joker. In der 92. Spielminute besiegelte er die Niederlage der Elversberger mit seinem zweiten Tor an diesem rot-weißen Abend. Das war mal ein richtiger Überraschungs-erfolg für das Team von Trainer Angelo Barletta.

Doch was weder die Mannschaft noch Adi Hessberger noch die Fans in diesem Augenblick wissen konnten, war, dass es in absehbarer Zeit kein Fußballspiel mehr geben würde. Denn die Realität und Corona hatten die Menschen eingeholt.

Nach und nach merkten alle, dass ein bösartiges Virus die Regeln für das normale Leben, die Wirtschaft und das alltägliche Miteinander komplett außer Kraft gesetzt hatte.

ACHTZEHN

Dienstag, 10.03.2020, 08.15 Uhr, Polizeipräsidium

Sina kam ein sichtlich zerknitterter Hessberger entgegen. „Na, das scheint ja ein erfolgreicher Abend gewesen zu sein! Du siehst aus, als hättest du die ganze Nacht durchgefeiert. Soll ich dir vielleicht Streichhölzer für deine Augenlider besorgen?"

„Nein danke, sie brennen auch so schon genug!", konterte Adi. „Lästere nur weiter! Der Abend war so genial, dass du es nicht schaffen wirst, mir meine gute Laune zu verderben. Aber natürlich war die Nacht etwas zu kurz", meinte er grinsend.

*

Die Stille zerrte an ihren jetzt schon zerrütteten Nerven. Die Härchen auf ihren Unterarmen hatten sich aufgestellt, ein Frösteln überzog ihren ganzen Körper. Sie glaubte, seine Finger auf ihrer Haut zu spüren. Hatte er sie tatsächlich überall angefasst? Vor Ekel schüttelte sie sich. Nur mühsam konnte sie den Brechreiz unterdrücken. Sie fühlte sich ihm völlig ausgeliefert, nicht nur wegen ihrer Nacktheit. Jetzt konnte sie ihn hören. Gleich würde er zu ihr kommen und dann …

Adi und Rüdiger diskutierten schon eine Weile mit den Jungs aus der IT. Sascha hatte sich an den gefakten IP-Adressen bisher die Zähne ausgebissen, doch dann auf einmal kam der Durchbruch. „Leute, wir haben ihn!" Völlig begeistert deutete er auf seinen Bildschirm.

„Adresse? Name? Was kannst du uns liefern?" Adi war wie elektrisiert. Endlich hatten sie eine heiße Spur.

Eine Minute später hatten die Kommissare den Namen und die Adresse des Täters. „Gute Arbeit, Jungs, die nächste Runde Leberkäsbrötchen geht auf mich."

*

Adi informierte sofort seine Kollegen und sie fuhren mit mehreren Polizeifahrzeugen los. „Wie wir uns gedacht haben: Er wohnt direkt am Main, in einem der Hochhäuser." Sie fuhren vorbei am Waggon am Kulturgleis, einem beliebten Ort für Livemusik, und ließen das Haus der Stadtgeschichte links liegen. Kurz hinter dem Lili-Tempel parkten sie die Fahrzeuge und bewegten sich im Laufschritt in Richtung des Hochhauses. Adi gab letzte Anweisungen: „Zwei Beamte sichern den Eingang und ihr zwei bewacht den Fahrstuhl und das Treppenhaus. Sina, Rüdiger und ich gehen in die Wohnung."

Als die Beamten im sechsten Stock angekommen waren, gingen sie leise von Tür zu Tür und schauten auf die Namensschilder.

„Adrian Wirtz, hier ist es", flüsterte Sina.

Alle drei waren vom Jagdfieber erfasst. Auf einmal waren aus der Wohnung laute Geräusche zu hören. Also war jemand zu Hause. Normalerweise hätten sie klingeln müssen, aber da diesem Täter alles zuzutrauen war, wollte Adi auf den Überraschungseffekt bauen. Er nahm Anlauf und die Tür brach mit einem lauten Krachen aus den Angeln.

*

Sie fühlte, wie er langsam näherkam. Seine Finger glitten über ihren Körper und sie spürte die starke Hornhaut seiner rauen Fingerkuppen. Er wendete sich abrupt von ihr ab, um Sekunden später einen großen Eimer vor ihr auf den Boden zu stellen. Ehe sie sich versah, hatte er sie am Genick gepackt und ihren Kopf tief in die dreckige Brühe gedrückt. Sie hustete und verschluckte dabei die übel riechende Flüssigkeit, doch bevor sie zu ersticken drohte, riss er ihren Kopf an den Haaren wieder nach oben. Sie japste wie wild und rang nach Luft.

„Bereust du, was du getan hast?", schrie er sie an, doch bevor sie antworten konnte, tauchte er sie wieder unter Wasser.

Sie kämpfte um ihr Leben, aber er war einfach zu stark. In letzter Sekunde ließ er sie wieder nach Luft schnappen.

„Ich bereue, ich bereue, ich bereue", schrie sie flehentlich.

Er küsste sie auf die Stirn und strich ihr zärtlich über das Gesicht. „Ich freue mich, deine Fehler seien dir vergeben."

Doch statt von ihr abzulassen, packte er sie brutal mit beiden Händen und drückte sie erneut unter Wasser.

*

Die Beamten hörten Schreie, als sie durch die eingetretene Tür stürmten. Allen voran Adi. Doch augenblicklich kamen sie wieder zum Stehen. Die Wohnung war abgedunkelt, es roch muffig, offenbar war schon lange nicht mehr gelüftet worden. Die lauten Geräusche kamen von einem überdimensionierten Fernsehgerät, auf dem in voller Lautstärke ein Thriller lief. Adi kannte ihn, es handelte sich um *Schlusspfiff*, einen Krimi, in dem ein Serienkiller sich auf Fußball-Schiedsrichter spezialisiert hatte.

Adrian Wirtz saß auf einer Couch, die mit verschlissenem braunen Cordstoff bezogen war. Er trug, fast schon ein Klassiker, nur eine weiße Feinrippunterhose mit passendem Unterhemd. In der Hand hielt er eine Flasche Bier, das er vor Schreck teilweise verschüttet hatte. „Hoffentlich sind die feuchten Stellen auf seiner Wäsche vom Bier", flüsterte Sina Adi ins Ohr.

Es war eine surreale Situation, die Kommissare hatten sich den Täter ganz anders vorgestellt. Adrian Wirtz machte den Eindruck eines nicht sehr hart arbeitenden übergewichtigen Trunkenbolds.

„Auf die Knie! Hände hinter den Kopf!" Rüdigers Ansage löste das Schweigen. Er rief per Handy die Beamten, die sie zur Absicherung zurückgelassen hatten. Die führten den verdutzten Feinrippträger ab und fuhren mit ihm ins Präsidium. Dort sollte im Anschluss an die Durchsuchung der Wohnung das Verhör stattfinden.

Die drei Kommissare machten sich daran, die Wohnung unter die Lupe zu nehmen. Als sie den Computer einschalten wollten, warnte Sina: „Vorsicht, vielleicht hat jemand eine Alarmfunktion installiert. Wir nehmen den ganzen Krempel am besten mit oder noch besser, das soll die Spurensicherung übernehmen."

Tatsächlich erschien Stunden später bei der Auswertung im Präsidium ein laut lachender Totenkopf auf dem Bildschirm, der nur wenige Sekunden zu sehen war. Danach war der PC wie tot.

In Wirtz' Schlafzimmer fanden sie eine Kiste Pornohefte, ansonsten gab es keine Hinweise, die auf irgendwelche Vergehen des Wohnungsinhabers hindeuteten.

Mittwoch, 11.03.2020, 12.00 Uhr, Polizeipräsidium

Sina führte den Verdächtigen in den Verhörraum und begann mit der Befragung. Nachdem sie die Personalien abgefragt und Adrian Wirtz über seine Rechte aufgeklärt hatte, ging sie gleich in die Offensive. „Warum haben Sie Steffi Gerber entführt und anschließend umgebracht? Haben Sie das Verbrechen langfristig geplant oder war es ein spontaner Einfall?"

„Was wollen Sie überhaupt von mir? Ich kenne meine Rechte und deshalb sage ich ohne Anwalt überhaupt nichts."

„Wie heißt denn Ihr Anwalt?" Doch Adrian Wirtz saß nur noch da und gab keinen Mucks mehr von sich.

Adi ging mit Sina nach draußen. „Wir müssen auf seinem Computer oder dem Handy etwas finden, mit dem wir ihn ködern können, sonst schweigt der bis in alle Ewigkeit. Lass ihn in die Zelle bringen, da kann er noch ein wenig schmoren. Vielleicht ist er danach gesprächiger."

„Mach ich gleich, Adi! Aber sag mir bitte, wo verdammt noch mal ist Andrea?"

NEUNZEHN

Mittwoch, 11.03.2020, 15.20 Uhr, Frankfurt am Main

Adi besuchte Lars Mühlbauer im Untersuchungsgefängnis. „Tut mir echt leid für dich, aber solange wir keine handfesten Beweise finden, dass Adrian Wirtz der Täter ist, will der Staatsanwalt dich nicht freilassen. Ich habe ihm zu erklären versucht, dass du reingelegt worden bist, doch das hat ihn wenig beeindruckt. Wahrscheinlich kriegt er Druck und muss allmählich einen Erfolg vorweisen, da sind zwei Verdächtige besser als einer."

Lars schaute ihn ernst an. „Danke, dass du mir hilfst, obwohl wir richtig Stress miteinander hatten."

„Kein Thema! Aber glaub mir eins: Solltest du Sina noch einmal privat zu nahe kommen, haue ich dich um. Versprochen!"

Donnerstag, 12.03.2020, 7.20 Uhr, Offenbach

Hessberger las seine morgendliche Offenbach-Post. Inzwischen gab es eine Handvoll Personen in der Stadt, die sich nachweislich mit Corona infiziert hatten. Das Stadtgesundheitsamt forderte die Bewohner auf, so weit wie möglich das Haus nicht zu verlassen und vor allem jegliche sozialen Kontakte auf ein Minimum runterzufahren. Bei Einkäufen oder auf dem Weg zur Arbeit sei es besonders wichtig, Abstand zu anderen Personen einzuhalten. Alle Maßnahmen und Informationen konnte man auf einer eigens eingerichteten Internetplattform nachlesen.

Adi legte die Zeitung beiseite und nahm einen Schluck seines Morgenkaffees. Normalerweise hätte er jetzt noch ausgiebig den Sportteil gelesen, aber da stand nicht viel über seinen OFC geschrieben. Laut aktuellem Stand sollte das Heimspiel gegen Homburg trotz Corona stattfinden, aber nur als Geisterspiel, ohne Zuschauer.

Gegen 10 Uhr fuhr er in die Gerichtsmedizin. Er hatte darauf verzichtet, Sina mitzunehmen, denn in der augenblicklichen Situation schien ihm ein Zusammentreffen zwischen ihr und Clarissa keine gute Idee zu sein.

„Hallo Adi", begrüßte ihn die Gerichtsmedizinerin. Er hatte das Gefühl, dass ihre Augen nicht mehr so leer, kalt und leblos wirkten wie noch beim letzten Mal.

„Hast du ein paar Hinweise gefunden, die uns weiterbringen könnten? Am besten fängst du mit unserem Pädophilen an."

„Der Tote aus dem Krankenhaus ist tatsächlich an der Einnahme eines für ihn tödlichen Medikaments gestorben. Ich will dich nicht mit Details langweilen, aber er hat eine hohe Dosis Insulin erhalten. Das führt zu einer Unterzuckerung, der Körper wird schweißig und am Ende kommt es zu einem Herz-Kreislauf-Stillstand. Er ist also ermordet worden. Die Manipulation der elektronischen Krankendatei führte zum Tod des Mannes. Die Untersuchungen bei Steffi Gerber sind inzwischen komplett abgeschlossen, haben aber nichts Neues ergeben. Und ansonsten liegen hier keine weiteren Leichen, bei denen ich euch unterstützen könnte."

„Danke, und du hast natürlich völlig recht, Clarissa, aber vielleicht ist dir ja noch etwas aufgefallen, das bisher noch nicht beleuchtet wurde? Zum Beispiel haben wir bisher noch nicht darüber gesprochen, was Steffi Gerber in den letzten

Wochen vor ihrem Tod gegessen hat. Vielleicht hilft uns diese Information, mehr über den Täter und seine Gewohnheiten zu erfahren. Gibt es Hinweise, ob der Täter sie grob angefasst hat? Vergewaltigung hattest du ja bereits ausgeschlossen."

„Wenn du meinst. Nachdem klar war, dass sie in Mainwasser ertrunken ist, habe ich manche Dinge nicht mehr genauer untersucht. Ich mach mich sofort an die Arbeit und melde mich spätestens am Freitag."

*

Im Polizeipräsidium stand Sina vor Adis leerem Schreibtisch. Sie verspürte den dringenden Wunsch, doch noch mal vernünftig mit ihm zu reden. Vielleicht war sie einfach nur zu verbohrt, um zu verstehen, was ihn bewogen hatte, mit Clarissa etwas anzufangen. Sie hatte damals zwar im Koma gelegen, aber dass Adi ausgerechnet in dieser Zeit eine Affäre begonnen hatte, wirkte so, als hätte er sie schon aufgegeben. Dieser Gedanke machte sie unglaublich traurig. Sie hatte selbst das Gefühl, ein wenig überreagiert zu haben, es war schließlich nur eine kurze Affäre gewesen zwischen den beiden. Und Adi hatte damals bestimmt sehr leiden müssen, als sie unter Drogen gesetzt und von dem Psychologen Dr. Weiß quasi gefangen gehalten wurde. Sie musste sich jetzt einfach einen Ruck geben und Adi die Hand reichen. Schließlich liebte sie ihn immer noch. In Wirklichkeit hatte sie niemals damit aufgehört.

In diesem Moment kam Rüdiger auf sie zu. „Suchst du Adi? Der ist zu unserer Gerichtsmedizinerin gefahren."

„Warum bist du nicht mitgefahren?", fragte Sina.

„Er wollte allein mit ihr sprechen." Als er Sinas Augen sah, hatte Rüdiger sofort ein schlechtes Gewissen, dass ihm das rausgerutscht war. Wenn Blicke töten könnten …

*

Ihre Bewegungen wurden immer schwächer. Ihr Geist schien sich aus dem Körper zu entfernen und davonzuschweben. Ein paar Szenen rasten wie im Zeitraffer durch ihren Kopf. Warum hatte sie sich mit ihren Eltern so sehr gestritten? Wie gerne würde sie die beiden noch einmal sehen und um Verzeihung bitten. Es war, als würde sie in ihrer Verzweiflung einen letzten Schrei ausstoßen: „MAMA …!"

Freitag, 13.03.2020, 8.10 Uhr, Polizeipräsidium

Andrea Paulsens Eltern waren im Urlaub gewesen und hatten überhaupt nicht mitbekommen, dass ihre Tochter verschwunden war. Adi hatte sie ins Präsidium gebeten, um persönlich mit ihnen sprechen zu können. Sina war mit von der Partie.

Werner Paulsen war 56 Jahre alt und hatte noch volles, grau meliertes Haar. Der Geschäftsmann wirkte ungeduldig und kam ohne Umschweife auf den Punkt. „Andrea hatte kein gutes Verhältnis zu uns. Als Teenager war sie komplett rebellisch und ihre dubiosen Freunde waren ihr wichtiger als die Familie. Irgendwann haben wir es geschafft, sie wenigstens dazu zu bewegen, die Schule fertig zu machen. Am Ende haben wir ihr eine Wohnung in Offenbach finanziert, weil das Zusammenleben sich einfach unerträglich gestaltete. Trotzdem lieben wir unsere Tochter sehr und werden alles tun, um sie zu unterstützen."

Frau Paulsen saß die ganze Zeit dabei, ohne auch nur ein Wort zu sagen. Adi spürte förmlich die Anspannung, unter der die Mutter stand. Er schoss einfach mal ins Blaue. „Frau Paulsen, hatten Sie denn in letzter Zeit Kontakt? Gab es vielleicht etwas, das nur Sie wissen, das Ihr Mann nicht wissen durfte?"

Mit einem Mal änderte sich die Haltung von Frau Paulsen. „Ich weiß gar nicht, ob ich das sagen darf. Ich habe es ihr doch versprochen und mein Mann regt sich ja immer so auf."

„Was haben Sie Ihrem Mann verschwiegen? Es ist nicht die Zeit für Geheimnisse, wir müssen Ihre Tochter finden!"

„Andrea hat schon immer einen besonderen Bezug zu ihrem Körper gehabt. Sie war sehr stolz auf ihre Figur und wollte, dass jeder sie für das tolle Aussehen lobt. Dann hat sie angefangen, mit ihrer Freundin Fotos zu machen … also sehr freizügige Fotos. Das ging schließlich so weit, dass sie auch Filme gedreht haben, bei denen es richtig zur Sache ging. Ich habe mal ein paar Ausschnitte gesehen. Es war furchtbar! Aber sie hat immer gesagt: ‚Mama, schau mich an, ich kann mich doch sehen lassen.' Und damit hatte sie natürlich recht."

„Warum hast du mir das nie gesagt?" Die Stimme ihres Mannes klang aufgeregt und vorwurfsvoll.

„Du warst schon immer negativ gegenüber deiner Tochter eingestellt. Wenn ich dir auch noch von ihren Sexfilmen erzählt hätte, wäre das nie mehr zu kitten gewesen."

Adi war kurz vorm Platzen. „Ich verstehe ja, dass Sie beide unzufrieden sind mit dem Lebenswandel Ihrer Tochter, aber jetzt reißen Sie sich endlich mal zusammen, denn hier geht es nicht um moralische Fragen, sondern um Leben und Tod!"

*

Letztlich waren die Aussagen der Eltern nicht besonders hilfreich und Adi hatte alle Hände voll zu tun, dass Vater und Mutter sich nicht gegenseitig an die Gurgel gingen. Ob es daran lag, dass gerade Freitag der 13. war, oder an der Angst um die Tochter, konnte Adi nicht sagen, auf jeden Fall taten sie alles, um den schlechtestmöglichen Eindruck zu vermitteln.

Adi nahm eine Kopfschmerztablette, denn die Bilder, die seine IT-Abteilung gefunden hatte, lösten ein Dröhnen in seinem Kopf aus. Die IT-Boys hatten es tatsächlich geschafft, Wirtz' Rechner wieder zum Leben zu erwecken und darauf krasse Fotos der nackten, betäubten und gequälten Andrea sichergestellt.

Anschließend ging er mit Sina in den Verhörraum. Sie wirkte heute extrem ruhig und machte einen fast geschäftsmäßigen Eindruck. War das wirklich noch die Frau, in die er sich unsterblich verliebt hatte?

Adrian Wirtz war nach der Nacht im Untersuchungsgefängnis deutlich redseliger als am Vortag.

„Herr Wirtz, wir haben Sie anhand Ihrer IP-Adresse identifiziert. Auf Ihrem Rechner wurde belastendes Material gefunden, das Sie mit der Entführung eines Mädchens in Verbindung bringt, vielleicht kommt sogar eine Mordanklage obendrauf."

„Von was reden Sie eigentlich, Mann? Zugegeben, ich habe ein paar nicht gerade astreine Filmchen im Netz runtergeladen, aber von einem entführten Mädchen weiß ich nichts."

Sina zeigte ihm eines der Bilder, das sie auf seinem Computer sichergestellt hatten. Darauf war Andrea Paulsen zu sehen, nackt und mit leerem Blick. „Hilft Ihnen das auf die Sprünge?

135

Das Beweismaterial reicht auf jeden Fall aus, um Sie eine Weile hierzubehalten."

„Ihr wollt mir hier doch etwas anhängen, ihr Schweine. Ich sage kein Wort mehr!"

*

Im Anschluss saßen Sina und Rüdiger in Adis Büro und tauschten sich über die vorangegangenen Gespräche aus. „Ich habe das Gefühl, dass Adrian Wirtz zwar kein Heiliger ist, aber mit diesem Verbrechen nichts zu tun hat", sagte Rüdiger. „Wahrscheinlich ist er genauso reingelegt worden wie Lars und unsere anderen ehemaligen Verdächtigen. Der Racheengel hat uns wieder mal auf eine komplett falsche Spur geführt. Im Prinzip hat er uns die ganze Zeit verarscht."

Adi nickte. „Geht mir genauso. Unsere IT-Boys werden am Wochenende die neuen Bilder von Andrea Paulsen unter die Lupe nehmen. Vielleicht finden sie etwas, das auf den ersten Blick nicht zu sehen ist. Außerdem haben wir die lokalen Zeitungen und Radiosender gebeten, die Bilder von beiden Mädchen erneut abzudrucken beziehungsweise darüber zu berichten. Zusätzlich werden alle verfügbaren Polizisten die Häuser am Main stichprobenartig kontrollieren und die Bewohner informieren. Mehr können wir im Moment nicht tun. Also ich habe nach dieser Woche echt die Schnauze voll und freue mich auf mein erstes freies Wochenende seit Wochen."

*

Das Präsidium war am frühen Freitagabend wie leer gefegt. Die meisten Beamten waren froh, endlich wieder den Akku aufladen zu können. Der Paketdienst grüßte die Aushilfe am Empfang, die gerade, scheinbar privat, am Telefonieren war. Der Türdrücker summte. „Paket für Hessberger."

„Legen Sie es ihm einfach auf den Schreibtisch, zweite Tür links", sagte der Telefonist, während er den Hörer mit der Hand zuhielt.

ZWANZIG

Samstag, 14.03.2020, 9.25 Uhr, Wohnung Hessberger

Adi freute sich auf das heutige Spiel seines OFC gegen den FC Homburg. Im Prinzip gab es zwei Möglichkeiten. Entweder fand das Spiel wie immer mit Zuschauerbeteiligung statt, oder es würde ein Geisterspiel geben, bei dem die Fans außen vor bleiben mussten. Doch auch in diesem Fall konnte man das Spiel im Netz verfolgen, und zwar mit den genialen Kommentaren des Offenbacher Fanradios. Als er einen Blick in die Offenbach-Post warf, war es vorbei mit seiner guten Laune. „So eine Scheiße!", murmelte er vor sich hin. Das Spiel war komplett abgesagt worden und nicht nur dieses, sondern auch die nächsten Begegnungen.

Er schaute nach, was in den sozialen Medien darüber zu lesen war. Es gab Hunderte Kommentare und plötzlich umspielte ein Lächeln das Gesicht des Kommissars. Geisterspiel-Ticket – wie geil war das denn? Die OFC-Fans hatten kurzerhand eine Aktion ins Leben gerufen, die auch noch in den nächsten Monaten für Furore sorgen würde. Es gab in unterschiedlichen Preiskategorien Tickets für ein nicht stattfindendes Spiel zu kaufen. Die Karte konnte man sich nach Bezahlung direkt ausdrucken. Das war mal wieder eine typische OFC-Aktion. Wenn schon kein Spiel stattfand, wollten die Fans wenigstens eine Geisterkarte fürs Geisterspiel erwerben. Findige OFC-Unterstützer hatten dann auch noch Geisterspielberichte mit Comic-Bildern der Geister-Torschützen veröffentlicht. Unglaublich!

Samstag, 14.03.2020, 11.25 Uhr, Polizeipräsidium

Da das Spiel ausgefallen war, machte Adi sich auf den Weg ins Büro. Nachdem er sich einen Kaffee geholt hatte, begab er sich direkt an seinen Arbeitsplatz. Auf seinem Schreibtisch lag ein großes Paket. Er holte sich eine Schere, entfernte das Klebeband und fand im Inneren ein aufgerolltes Poster im DIN-A1-Format. Es handelte sich um ein aktuelles Mannschaftsfoto, an dem ein kleiner Gegenstand klebte – ein USB-Stick. Hessberger wollte ihn in seinen PC stecken, überlegte es sich dann aber anders und machte sich auf den Weg zur IT-Abteilung. Auch heute war nur Lothar vor Ort, der damit beschäftigt war, Fotos zu analysieren.

„Und, schon was gefunden?"

Doch Lothar, der im Bayernschal am Schreibtisch saß, schüttelte nur den Kopf.

„Na, wenigstens ein rot-weißer Schal", grinste ihn Adi an. „Ich habe hier einen USB-Stick erhalten, vielleicht kannst du mal schauen, was da so drauf ist." Lothar hatte für solche Fälle einen abgeschotteten PC, um einem möglichen Virusangriff vorzubeugen.

Auf dem Stick gab es nur eine einzige Datei. Lothar drückte die Entertaste und ein Film begann zu laufen. In der ersten Szene sah man einen mit Wasser gefüllten Eimer, in Szene Nummer zwei sahen die Beamten eine nackte Frau, die apathisch wirkte. Andrea Paulsen. In Szene Nummer drei packte eine Hand den Nacken des Mädchens und drückte ihren Kopf mit einer ungeheuren Brutalität in den Eimer. Die Schreie und das Gegurgel des Mädchens gingen den beiden durch Mark und Bein. Danach wurde der Bildschirm schwarz.

Lothar war extrem geschockt. „Das ist ja grauenhaft. Wir müssen doch irgendwas tun!"

„Kannst du, Lothar! Versuche als Erstes, herauszufinden, ob sich auf dem Stick Hinweise auf denjenigen befinden, der das Video gedreht hat. Wahrscheinlich hat unser Täter einen Virus oder Trojaner in diese Datei eingebracht, eventuell können wir ihn darüber knacken. Ich schaue mir in der Zwischenzeit noch mal den Umkreis an, in dem wir den Mörder vermuten."

Adi ging in sein Büro zurück und zeichnete Kreise in die extra dafür ausgedruckten Karten. Diese Kreise stellten Tat- und Fundorte aller mit dem Fall zusammenhängenden Geschehnisse dar. Er war so vertieft in seine Arbeit, dass er das Klingeln zuerst gar nicht bemerkte. Der Anruf, der ihm durchgestellt wurde, verblüffte ihn. Am Apparat war Jonas Werner, der pädagogische Leiter des OFC-Nachwuchs-Leistungszentrums, der ihn bat, zu kommen. Er habe etwas Seltsames gefunden. Der langjährige Jugendtrainer wirkte sehr aufgeregt und deshalb entschloss sich Adi, sofort hinzufahren. Über die Bieberer Straße gelangte er schnell zum Wiener Ring.

Als er aus dem Auto stieg, kam Jonas Werner direkt auf ihn zu. „Guten Tag, Herr Hessberger. Großartig, dass Sie so schnell kommen konnten."

Adi merkte ihm die Nervosität deutlich an, deshalb versuchte er, das Gespräch erst einmal in eine andere Richtung zu lenken. „Das ist für einen Regionalligisten wirklich ein tolles Nachwuchs-Zentrum!"

„Ja, wir sind sehr stolz darauf, dass wir uns auch als Underdog im Rhein-Main-Gebiet einen guten Ruf erarbeitet haben. Die Leistungszentren um uns herum sind fast alle höherklassig, da ist es wichtig, die Buben mit dem Kickersvirus zu infizieren, damit sie nicht von der Strahlkraft anderer Vereine angezogen und verschlungen werden. Die Identifikation ist sehr schwierig, vor allem bei den Jüngeren, die die guten Zeiten des OFC nur vom Hörensagen kennen. Für uns als Trainer wäre es wünschenswert, dass die Jungs es als Privileg betrachten, für den OFC zu spielen, und uns nicht nur als Sprungbrett für andere Vereine nutzen. Wir bringen unsere Jugendlichen fußballerisch auf ein sehr gutes Niveau und deshalb schwirren viele dankbare Abnehmer um uns herum."

„Ich bin beeindruckt, was Sie hier mit Ihren Kollegen leisten, und drücke natürlich die Daumen, dass noch viele Talente den Weg in die erste Mannschaft finden. So und jetzt erzählen Sie mir bitte genau, was passiert ist."

„Seit einiger Zeit verfolge ich in den Zeitungen die Meldungen über diese verschwundenen Mädchen. Gestern war wieder ein Aufruf in der Zeitung, dass die Polizei um Hinweise bittet bezüglich der verschwundenen Andrea Paulsen, die zuletzt am Stadion gewesen sein soll. Als ich heute Morgen die Kabinen aufgeschlossen habe, hing da eine Plastiktüte am Türgriff, in der sich ein Umschlag mit 500 Euro Bargeld und ein loses Blatt befanden." Hessberger nahm den Zettel entgegen, nachdem er sich seine Handschuhe übergestreift hatte, und las.

Dies ist eine Spende für das Nachwuchszentrum.
Mit rot-weißen Grüßen
Im Namen von Andrea Paulsen
PS: Sie braucht das Geld nicht mehr.

„Vielen Dank für Ihre schnelle Reaktion, das hilft uns sicher weiter. Ich muss leider alles mitnehmen, auch das Geld. Wir werden das Ganze auf Spuren untersuchen, dann bekommt das Nachwuchszentrum die 500 Euro natürlich wieder zurück. Bitte kommen Sie am besten heute noch auf dem Präsidium vorbei, damit wir Ihre Fingerabdrücke abnehmen können."

*

Wochenende hin oder her, jetzt gab es mit dem Video und der Botschaft endlich heiße Spuren, denen man sofort nachgehen musste. Also berief Adi eine Sitzung im Besprechungsraum ein. Sina und Rüdiger waren sichtlich geschockt, nachdem sie das Video gesehen und den Zettel aus dem Nachwuchszentrum gelesen hatten.

„Ich fürchte, wir müssen davon ausgehen, dass auch Andrea Paulsen tot sein könnte", startete Adi die Unterredung. „Wir haben es nicht nur mit einem extrem brutalen Racheengel zu tun, sondern auch mit einem extrem guten Hacker. Die Spuren, die er legt, wirken täuschend echt, sodass sogar unser Staatsanwalt darauf hereingefallen ist, als er Lars verhaften ließ. Und das Frustrierendste: Er will uns verarschen! Der Typ spielt Katz und Maus mit uns und wir haben dem bisher nichts entgegenzusetzen."

In diesem Moment klopfte es an der Tür und ohne auf ein „Herein" zu warten stürzte Lothar, der IT-Boy, in den Raum. „An der Datei hing ein ziemlich fieser Trojaner, aber ehrlich gesagt war der viel zu einfach zu finden. Der Typ agiert megageschickt und jetzt kommt er mit so einem eher durchschnittlichen Versuch, uns zu infizieren. Ich glaube, er wollte uns mit dem Film nur zeigen, dass er alles im Griff hat."

„Danke dir, Lothar. Eventuell könnt ihr anhand des Films noch weitere Rückschlüsse ziehen. Bitte verfahrt genauso wie bei den Fotos. Erstellt Vergrößerungen von jedem Filmausschnitt und versucht rauszufinden, wo das Video gedreht worden ist."

Nachdem Lothar sich wieder verabschiedet hatte, wandte Adi sich an Sina. „Mich interessiert deine Meinung: Was liest du aus der Botschaft heraus, die der Täter uns im Nachwuchszentrum hinterlassen hat?"

„Ich denke, wir können sicher sein, dass der Täter die Botschaft geschrieben hat. Und dass er nicht beabsichtigt, Andrea am Leben zu lassen, wenn sie überhaupt noch lebt. Der Hinweis, dass sie das Geld nicht mehr braucht, ist eindeutig. Außerdem hat sich bestätigt, dass unser Täter ein großer Anhänger des OFC ist, sonst hätte er nicht die 500 Euro im Nachwuchszentrum deponiert."

„Oder es ist nur ein Teil seines Spiels. Er wollte unbedingt, dass die Polizei informiert wird. Er will uns animieren, etwas zu tun. Er ist aus meiner Sicht ein totaler Machtmensch mit einem gehörigen Sprung in der Schüssel. Wir müssen wahrscheinlich einen Polizeipsychologen zurate ziehen", erwiderte Adi.

„Nach unseren Erfahrungen mit Dr. Weiß habe ich eigentlich kein Interesse an einer solchen Zusammenarbeit." Sina schüttelte sich. Sie hatte immer noch Albträume wegen des letzten Falles, als sie längere Zeit in der Gewalt des Psychologen gewesen war. Dieser hatte sie unter Drogen gesetzt und zu unglaublichen Dingen gezwungen.

„Wir alle haben schlechte Erfahrungen mit dem Arschloch gemacht, aber trotzdem muss ich zugeben, dass er ein brillanter Analytiker war. Die Profile, die er für uns erstellt hat, haben schlussendlich dazu geführt, dass wir den Serienmörder fassen konnten", überlegte Adi.

„Sind wir tatsächlich schon so verzweifelt, dass wir ernsthaft darüber nachdenken, uns von einem Verbrecher helfen zu lassen?", fragte Rüdiger. „Obwohl es in der Kriminalgeschichte bestimmt einige Fälle gibt, bei denen so verfahren wurde. Wenn wir es genau nehmen, war Dr. Weiß schon ein Verbrecher, als er noch für das Präsidium tätig war, nur wussten wir es da noch nicht."

*

Polizeikommissar Gregor Martens kam gerade vom Einkaufen auf dem Offenbacher Markt zurück. Vor seiner Haustür standen drei Männer mit dem Rücken zu ihm. Als er die Tür öffnen wollte, traf ihn unvermittelt ein Faustschlag mitten ins Gesicht. Zahllose weitere Schläge prasselten auf seinen Körper ein. Als er dachte, dass er diesen Moment nicht überleben würde, ließen die Männer plötzlich von ihm ab.

Einer beugte sich zu ihm herab und flüsterte ihm etwas ins Ohr.

Sonntag, 15.03.2020, 14.30 Uhr, Sana-Klinikum

Aufgrund der Corona-Situation herrschte eine fast beängstigende Stille im ansonsten stark frequentierten Sana-Klinikum. Aktuell durften keine Besucher hinein. Die Schwester am Eingang forderte Hessberger auf, eine Maske aufzusetzen, dann führte sie ihn zum Zimmer von Gregor Martens.

Hessberger war schon am Abend zuvor über den Überfall auf Martens informiert worden. Da der Kollege, den er persönlich gut kannte, aber noch nicht ansprechbar war, hatte er den Besuch auf den nächsten Tag verschoben.

Der Polizeibeamte lag in einem Zweibettzimmer direkt vor dem Fenster. Hessberger sah auf den ersten Blick, dass seine Nase gebrochen war.

„Gude Gregor, wie geht's dir denn?"

144

Ein mühsames Lächeln quälte sich in das Gesicht des Verletzten. „Ich fühl mich, als ob eine Dampfwalze mich überfahren hätte. Ein paar Rippen hat es erwischt, Platzwunden, die Nase kaputt und ein Trommelfell ist geplatzt. Ansonsten nur Prellungen und einige blaue Flecke."

„Hast du die Typen erkannt, die dir das angetan haben?"

„Nein, der erste Schlag hat mich völlig unvorbereitet getroffen. Wer denkt denn, dass ein Polizist direkt vor seiner eigenen Haustür überfallen wird?"

„Direkt vor deiner Haustür? Meinst du, es war Zufall, oder haben dich die Schläger abgepasst und wussten am Ende sogar, wo du wohnst?"

„Ich glaube, die wussten genau, wer ich bin, und sie kannten meine Adresse."

„Wieso glaubst du das, Gregor?"

„Als die Kerle endlich von mir abgelassen haben, hat sich einer zu mir runtergebeugt und mir etwas ins Ohr geflüstert. Und zwar: ‚Das nächste Mal solltest du besser aufpassen, wen du ins Gefängnis steckst!'"

Montag, 16.03.2020, 9.20 Uhr, Polizeipräsidium

Adis erste Amtshandlung am Montagmorgen war es, die Kollegen Fröhlich und Salzmann über seinen Besuch im Sana-Klinikum zu unterrichten.

„Dann wollten sich die Kerle also an Martens rächen?", schloss Sina und schüttelte ihre Locken. „Woher wussten die, wo er wohnt? Diese Daten sind doch unter Verschluss? Auf jeden Fall haben wir einen Anhaltspunkt. Wir müssen einfach nur die Fälle ansehen, bei denen Martens an einer Verhaftung beteiligt war. Oh Mann, das schaffen wir personell einfach nicht mehr, zumal Lars immer noch in Untersuchungshaft sitzt."

„Ich geb dir vollkommen recht", stimmte Adi zu. „Wir müssen uns auf den ursprünglichen Fall konzentrieren. Mit dem Überfall sollen sich die Kollegen befassen. Die Suche nach Andrea hat allerhöchste Priorität."

EINUNDZWANZIG

Simone Henrichs war seit mehreren Jahren Kommissarin bei der Drogenfahndung. Sie war ein absoluter Adrenalinjunkie und liebte ihren Job. Ihre aktuelle Undercoverarbeit war etwas ganz Besonderes, gefährlich und aufregend zugleich.

An diesem Montagabend joggte sie gegen 21.30 Uhr durch den Park am Landgrafenring und lief dann Richtung Ahornstraße zu ihrer Wohnung. Die letzten Meter ließ sie es etwas langsamer angehen, um wieder zu Atem zu kommen.

Plötzlich stand ein Mann vor ihr, der hinter der Hecke vor ihrem Haus gelauert haben musste. Sie befand sich sofort im Kampfmodus – dafür war sie schließlich ausgebildet. Alle Muskeln waren angespannt, sie war bereit, gnadenlos zuzuschlagen.

In diesem Moment schlangen sich zwei starke Arme von hinten um ihren Hals und drückten ihr die Luft ab. Sie wehrte sich verzweifelt, doch die Männer rissen ihr das T-Shirt entzwei und fesselten sie mit Kabelbindern. Einer der beiden zog ein Messer aus der Tasche, der andere trat ihr so brutal ins Kreuz, dass sie über den Boden geschleudert wurde. Tränen liefen ihr über die Wangen, als der Typ sich über sie beugte und das Messer dicht an ihr Gesicht hielt.

Voller Angst schrie sie: „Bitte nicht … !"

Dienstag, 17.03.2020, 6.20 Uhr, Polizeipräsidium

In aller Frühe hatte Adi sein Team zusammengetrommelt, denn es war schon wieder zu einem Überfall gekommen. Sie warteten gebannt auf seine Erklärungen.

„Eine Kollegin von der Drogenfahndung ist brutal überfallen worden, und zwar direkt vor ihrer Wohnung. Obwohl die Adresse nach außen hin nicht bekannt ist, denn sie arbeitet undercover und unter einem Decknamen. Unsere Kollegen haben sie schon vernommen, im Prinzip ist es der gleiche Ablauf wie bei Gregor Martens. Der einzige Unterschied ist der Umstand, dass die Täter sie nicht zusammengeschlagen haben, sondern einer ihr das Gesicht zerschnitten hat. Aber genau wie bei Gregor gab es eine konkrete Ansage an das Opfer. Der Täter sagte diesmal wohl wörtlich: ‚Wenn du uns noch einmal in die Quere kommst, verkaufen wir dich an ein chinesisches Bordell!'"

Adi ließ den Satz eine Weile im Raum stehen, um den Kollegen die Möglichkeit zu geben, ihn sacken zu lassen, bevor er fortfuhr. „Mir stellt sich insbesondere folgende Frage: Woher haben diese Leute ihre Kenntnisse? Da scheint irgendjemand gezielt geheime Informationen weiterzugeben. Es könnte ein Leck bei den geschützten Daten geben. Wenn ich mir vorstelle, dass vielleicht noch weitere Fälle hinzukommen, wird mir ganz schlecht. Ich habe ein ungutes Gefühl, vielleicht hängen diese Fälle sogar mit den anderen zusammen. In Offenbach herrscht Krieg und ich weiß noch nicht, wie wir den gewinnen sollen."

Dienstag, 17.03.2020, 11.15 Uhr, Polizeipräsidium

Auf einmal stand er vor ihnen. Die Kommissare, die gerade im Besprechungsraum saßen, schauten verdutzt auf.

„Hey Lars! Haben sie dich endlich wieder rausgelassen?" Sina lief auf ihn zu und umarmte den Kollegen.

Etwas weniger euphorisch begrüßte Adi seinen Mitarbeiter. „Gut, dich wieder im Boot zu haben, oder bist du noch suspendiert?"

„Voll einsatzfähig, Chef! Die haben mich tatsächlich ehrenhaft entlassen und ich dachte mir, dass jede Unterstützung gebraucht wird, deshalb bin ich direkt hergekommen!"

Nachdem sie Lars Mühlbauer auf den aktuellen Stand gebracht hatten, diskutierte die Runde über das Thema Dr. Weiß und seine mögliche Einbindung in den Fall. Wahrscheinlich war in diesem Raum noch nie so kontrovers debattiert worden wie an diesem Tag.

Lars ging unbefangen an diese Möglichkeit heran, weil er Weiß weder kannte, noch seine Arbeit beurteilen konnte. „Wenn er wirklich so gut ist, wie man hört, sollten wir uns auf jeden Fall anhören, wie er die Lage einschätzt. Ich war damals nicht dabei, als ihr diese schlimmen Probleme mit ihm hattet, aber ich denke, wir müssen jede Chance nutzen, um dem Racheengel die Flügel zu stutzen."

*

Hessberger hatte einen Tipp bekommen, dass sich der ehemalige Polizeipsychologe abends immer in der Kneipe am Buchhügel aufhalten würde. So recht konnte Adi es immer noch nicht fassen, dass Dr. Weiß wieder auf freiem Fuß war, aus seiner Sicht hätte der Psychologe noch lange im Gefängnis sitzen müssen. Leider hatte sich der Richter anders entschieden und den Psychologen neben der Entlassung aus dem Polizeidienst nur zur längstmöglichen Bewährungsstrafe verurteilt.

Gegen 20 Uhr machte sich Adi auf den Weg. Es waren exakt 300 Meter bis dorthin. Beim Eintreten winkte er dem Wirt namens Peter zu, der auch ohne Bestellung wusste, was Hessberger trinken wollte. Er ließ seinen Blick durch das Lokal schweifen, konnte den Psychologen jedoch nicht ausmachen. Doch ein etwas verwahrlost wirkender Mann, der in einer Nische hinten beim Spielautomaten saß, zog seine Aufmerksamkeit auf sich. Adi musste zweimal hinschauen, um in dem Mann, vor dem ein Herrengedeck platziert war, den sonst so gepflegten Dr. Weiß zu erkennen.

„Hallo, wie geht es Ihnen?" Es fiel Adi schwer, gelassen zu bleiben. Wenn der Fall nicht so wichtig wäre, hätte er den Kerl nicht mal mit dem Arsch angeguckt.

„Verpissen Sie sich, Hessberger! Ich will nie wieder etwas mit Ihnen und Ihrer Truppe zu tun haben." Voller Verachtung schaute der Psychologe kurz von seinem Schnapsglas hoch, bevor er es mit einer schnellen Bewegung runterkippte. Wie es aussah, war dies nicht sein erster Schnaps und auch nicht sein zweiter.

Hessberger bestellte einen Kaffee für Dr. Weiß und wandte sich dann wieder seinem Gegenüber zu. „Ich kann Sie auch nicht leiden, aber trotzdem wollte ich Ihnen einen Deal vorschlagen. Wir könnten Sie bei einem spannenden Fall gut gebrauchen. Meine Kollegen meinten, Sie hätten bestimmt ein paar gute Ideen, um einen Mörder und Psychopathen in die Enge zu treiben. Ich selbst glaube zwar nicht, dass Sie in Ihrem Zustand hilfreich sein können, aber es gibt noch Menschen, die von Ihren Fähigkeiten überzeugt sind. Wenn Sie wollen, kommen Sie morgen um 10 Uhr aufs Präsidium. Wir sind bereit, Ihnen einen Tagessatz von 500 Euro zu vergüten."

„Ziemlich mickrig!"

„Angemessen für einen Fachmann wie Sie. Außerdem sind Sie aktuell nicht in der Situation, Forderungen zu stellen. In der Herrentoilette ist ein Spiegel, schauen Sie einfach mal rein!"

Mittwoch, 18.03.2020, 10.05 Uhr, Polizeipräsidium

„Er kommt nicht. Hatte ich gleich vermutet, dass dieser Mistkerl nicht die Courage hat, sich hier jemals wieder blicken zu lassen. Und ehrlich gesagt bin ich auch nicht böse, nach dem, was er Sina angetan hat." Rüdiger war überhaupt nicht begeistert davon, den ehemaligen Kollegen wieder mit ins Boot zu nehmen.

In diesem Moment klopfte es an der Tür und Adi fielen fast die Augen raus. Es schien, als betrete ein ganz anderer Mensch den Raum. Wo war der heruntergekommene und angetrunkene Penner aus der Kneipe geblieben? Dr. Weiß war frisch rasiert und trug einen dunkelblauen Anzug zu einem hellblauen Hemd.

Die Kommissare schauten sich verblüfft an.

„Hier bin ich! Könnte mich mal jemand auf den aktuellen Stand bringen?" Genauso großspurig wie früher und voller Selbstbewusstsein setzte sich Dr. Weiß an den Besprechungstisch. „Ich brauche alle Akten, die unseren Fall betreffen, dazu die gerichtsmedizinischen Unterlagen sowie die Zeugenaussagen. Außerdem möchte ich mit allen Verdächtigen sprechen. Wir sehen uns morgen wieder. Bis dahin kann ich Ihnen eine erste Einschätzung zur Sachlage geben sowie ein Profil des Täters erstellen."

*

Ein paar Stunden später kam Dali von der IT in Hessbergers Büro und berichtete mit stolzgeschwellter Brust: „Ich glaube, wir kommen der richtigen IP-Adresse des Täters langsam näher."

In diesem Moment klingelte Adis Telefon. Es war Kollege Salzmann. „Komm bitte direkt runter zum Parkplatz. Wir müssen sofort los. Ich erklär dir alles unterwegs!"

Eine Minute später saßen die beiden im Wagen. „Die Kollegen haben unten am Main eine Leiche gefunden – direkt am Anlegeplatz des Bembelboots."

„Wissen wir schon, um wen es sich handelt?"

„Bisher noch nicht."

Um diese Jahreszeit war es noch zu früh für das allseits beliebte Bembelboot. Sobald es aber wärmer wurde, würde hier der Teufel los sein. Viele Menschen kamen, um im Bereich des Boots Gegrilltes zu essen, Apfelwein oder Bier zu trinken und sich mit Freunden zu treffen. Hessberger erinnerte sich, dass er das letzte Mal mit Thomas und Lothar hier gewesen war. Beide waren wie er extreme Kickersnasen.

Direkt am Wasser standen schon einige Kollegen von der Spurensicherung. Hessberger ging auf die Polizisten zu und fragte: „Habt ihr schon etwas für uns?"

„Schaut einfach selbst."

Im Gras lag ein zugedeckter Körper. Den Kommissaren war sofort klar, wer dort unter dem weißen Laken liege würde.

Die Schrift war die gleiche wie bei Steffi Gerber, ebenso die Worte.

Gesündigt! Bereut! Gebüßt!

Vorsichtig zog Adi den Stoff zur Seite. Das Bild des unbekleideten Mädchens würde sie noch lange in ihren Träumen verfolgen.

Donnerstag, 19.03.2020, 8.45 Uhr, Besprechungsraum

Andrea Paulsen lag inzwischen in der Gerichtsmedizin. Adi erhoffte sich baldmöglichst Ergebnisse von Clarissa.

Er eröffnete die Besprechungsrunde, indem er alle, auch Dr. Weiß, auf den neuesten Stand brachte. Im Anschluss forderte er diesen zu einer Beurteilung der Sachlage nach Sichtung aller Unterlagen auf.

Der Psychologe wirkte genauso selbstsicher wie am Vortag und begab sich direkt zu dem einzigen Flipchart im Raum. „Was wissen wir bisher über unseren Täter? Es handelt sich zweifellos um einen Mann. Das konnten wir aus der Filmsequenz entnehmen, als er den Kopf des Mädchens in den Eimer gedrückt hat. Wahrscheinlich liegt sein Alter zwischen 25 und 35. Es handelt sich um einen sehr überlegt handelnden und intelligenten Menschen. Dies schließe ich aus seiner Vorgehensweise, insbesondere seine perfekt arrangierten falschen Spuren deuten darauf hin.

Der Täter kennt kaum Grenzen. Viele Mörder töten ihre Opfer mittels einer Pistole, eines Messers oder durch einen Strick, manchmal auch mithilfe von Stöcken, Knüppeln oder anderen Gegenständen. Dieser hier tötet mit seinen eigenen Händen. Das ist eine ganz andere Liga.

Außerdem fühlt sich unser Täter unbesiegbar, sodass er in seiner Überheblichkeit anfängt, mit der Polizei zu spielen. Ursprünglich hatte er sicherlich einen anderen Plan im Kopf, doch ich befürchte, inzwischen hat er uns alle im Blick."

Hessberger stellte eine Zwischenfrage: „Warum, glauben Sie, hat er die Polizei im Fokus?"

„Dazu komme ich gleich. Doch zuerst noch eine weitere Information zum Täter, die wir inzwischen zwar schon alle kennen, die aber elementar wichtig ist. Es handelt sich um einen brillanten Hacker. Und zwar in einer Art, wie es mir bisher noch nie untergekommen ist. Dieser Typ hat vielleicht Fingerkuppen, die dermaßen hart und abgenutzt sind, dass sich die Fingerabdrücke schon fast verändern könnten. Eventuell taucht er auch schon in einer Straftäterdatenbank auf, doch was wäre, wenn er die Möglichkeit hätte, auch diese Datei zu manipulieren?"

So sehr Hessberger den Psychologen auch hasste, er musste zugeben, dass alles, was er zu hören bekam, Hand und Fuß hatte.

Sina hatte absolut nichts von der Idee gehalten, Dr. Weiß einzubeziehen, wie Adi schon im Vorfeld geahnt hatte. Sie weigerte sich, im selben Raum zu sitzen wie dieses miese Psychologen-Arschloch, wie sie sich ausdrückte, und hatte beschlossen, in ihrem Büro zu bleiben. Zuerst hatte sie vorgehabt, sich nach der Besprechung über alle Einzelheiten informieren zu lassen. Dann entschied sie sich, zumindest per Konferenzschaltung teilzunehmen.

„So, jetzt komme ich zum Ende meiner Ausführungen", dozierte Dr. Weiß weiter. „Nachdem ich die Einträge in den Foren und die Antworten unseres Täters sehr genau analysiert habe, ist mir Folgendes aufgefallen: Der Racheengel, wie Sie ihn nennen, reagiert äußerst aggressiv auf Kritik, die sich gegen die Offenbacher Kickers und somit vermeintlich gegen ihn selbst richtet. Er diskutiert nicht im Forum, sondern reglementiert und entscheidet für sich, dass die Kritiker bestraft werden müssen.

Das bedeutet für mich, dass unser Mann unter einer Extremform des Borderline-Syndroms leidet. Er verfügt über ein ausgeprägtes Schwarz-Weiß-Denken, man kann vielleicht sogar von Rot-Weiß sprechen." Er grinste. „Damit gibt es für ihn nur Freund oder Feind – und wir sind ganz eindeutig der Feind!"

Donnerstag, 19.03.2020, 16.45 Uhr, Bettinastraße

Kommissar Ronald Hohmann stand am Eingang zu seiner Wohnung in der Nummer 69. Das Mehrfamilienhaus war schon etwas in die Jahre gekommen, aber es passte irgendwie zu seinem Job bei der Sittenpolizei. Als er aufschließen wollte, bekam er plötzlich einen heftigen Schlag auf den Hinterkopf, der ihn außer Gefecht setzte, dann wurde er um die Ecke in die Einfahrt zum Hof geschleppt. Als er seine Augen wieder öffnen konnte, sah er einen Stiefel auf sich zukommen. Der Absatz krachte auf seine rechte Hand herab und sein Schrei hallte durch den ganzen Hof.

*

Er hatte alles im Griff und redete laut vor sich hin: „Sie werden niemals darauf kommen, welche Spiele ich mit ihnen spiele. Diese Idioten aus den Foren hatten es nicht besser verdient. Und die Polizisten hätten sich nicht auf die Seite der Beschmutzer schlagen dürfen. Jetzt muss ich sie ebenfalls bestrafen." Er strich schon fast zärtlich über einen BH, den er in der Hand hielt. Die Mädchen waren böse, so böse, deshalb hatten sie zur Strafe auch keine Kleider tragen dürfen. Seine Aufgabe war gewaltig, denn er musste eine Entscheidung über Schuld und Unschuld treffen. Doch erst einmal sollten sie alle büßen, fürchterlich büßen.

ZWEIUNDZWANZIG

Freitag, 20.03.2020, 7.30 Uhr, Polizeipräsidium

Adi hatte diesmal in den großen Besprechungsraum eingeladen, weil heute auch die Kollegen von der Sitte und der Drogenfahndung teilnehmen sollten. Nachdem nun schon der dritte Kollege überfallen worden war, standen alle Warnlampen auf Rot und unter den Polizisten ging Angst um, wer der Nächste sein könnte. Insgesamt saßen 12 Personen im Halbkreis um Hessbergers Team, unter ihnen auch Dr. Weiß.

Rüdiger fasste die aktuellen Ereignisse kurz zusammen. „Der Kollege ist übel zugerichtet worden. Einer der Schlägertypen hat ihm mitgeteilt, dass er seine Finger zukünftig von den Erotik-Clubs lassen solle, und damit er diese Botschaft niemals mehr vergisst, haben sie ihm die rechte Hand zertrümmert. Inzwischen gehen wir davon aus, dass auch diese Geschehnisse mit unserem Hauptfall zusammenhängen." In diesem Moment klopfte es und Dali von der IT-Abteilung kam herein.

„Sorry, dass ich störe, aber ich habe endlich die Erklärung, warum unsere Kollegen angegriffen wurden."

Hessberger schaute seinen IT-Boy erstaunt an. „Was habt ihr herausgefunden?"

Ohne zu antworten, schaltete Dali den Beamer an und verband ihn mit seinem Laptop. „Das hier ist für jeden Nutzer frei verfügbar im Netz zugänglich." Er öffnete eine Datei mit Adressen und Kontaktdaten.

Als Adi genauer hinschaute, fand er auch seine eigene private Postadresse. „Das bedeutet, dass jeder Verbrecher, den wir jemals eingebuchtet haben, weiß, wo wir wohnen oder wie wir erreichbar sind. Das ist eine Katastrophe!"

„Es handelt sich ausschließlich um Daten von Polizisten aus Offenbach und dem Umland. Nachdem wir ein wenig nachgebohrt haben, mussten wir feststellen, dass diese Listen an diverse Nachtclubs gegangen sind. Vermutlich auch an Mitglieder des organisierten Verbrechens, Drogenhändler, Menschenhändler et cetera."

Plötzlich erhob sich Dr. Weiß. „Es ist also noch schlimmer, als ich dachte. Dieser Hacker nutzt geheime Polizeiinformationen und verteilt sie an Schwerverbrecher. Jetzt wissen wir auch, wie die Fälle zusammenhängen."

Hessberger pflichtete ihm bei. „Wir müssen sofort alle Kollegen auf der Liste informieren, dass sie in höchster Gefahr schweben, vor allem, wenn sie in letzter Zeit jemandem empfindlich auf die Zehen getreten sind."

Sina, die in ihrem Büro bislang nur zugehört hatte, schaltete sich ein: „Glaubt ihr denn, dass unsere gesamten Daten und Polizeiakten dem Hacker offen zugänglich sind? Wenn das der Fall wäre, dann könnten wir einpacken. Er wäre uns immer einen Schritt voraus. Obwohl: Das ist wahrscheinlich schon eine ganze Weile so. Können wir zusätzliche IT-Spezialisten hinzuziehen, die unsere Software schützen?"

„Gute Idee, wir werden noch heute Abend einen entsprechenden Antrag stellen, aber vielleicht bietet uns dieses Dilemma auch eine Chance und wir können ihm mithilfe unserer öffentlichen Daten eine Falle stellen. Vielleicht kann die IT sich etwas überlegen, wie wir an ihn herankommen können", ergänzte Adi. „Sina, du kümmerst dich bitte um die Fälle der überfallenen Polizisten. Rüdiger, schau dich noch mal in den Häusern am Main um und sprich mit den Leuten vor Ort, vielleicht hat doch jemand etwas gesehen. An die Kollegen von der Sitte und der Drogenfahndung geht die

Bitte, sich umzuhören, ob es vielleicht Gerüchte über einen Superhacker gibt. Ich werde anhand der neuen Erkenntnisse mit Dr. Weiß nochmals alle Akten durcharbeiten. Also alle an die Arbeit! Wir müssen ihn schnappen, bevor der Racheengel noch weitere Kollegen heimsucht. Und denkt daran: Ihr könntet der Nächste sein!"

Freitag, 20.03.2020, 14.10 Uhr

Während Rüdiger Salzmann die Befragung der Anwohner in den Mehrfamilienhäusern am Main durchführte, bislang ohne Erfolg, erhielt er eine Nachricht von Adi auf seinem Handy. Die Adresse, die der Kollege ihm nannte, lag nur wenige Minuten entfernt. Es war verblüffend, immer wenn es darum ging, etwas Spannendes zu finden, war sein Kollege schneller. Adi war halt ein richtiges Trüffelschwein. Sie verabredeten die angegebene Adresse als Treffpunkt.

Zehn Minuten später klingelte Salzmann, fuhr mit dem Fahrstuhl nach oben, suchte nach dem Namensschild und klingelte. Ein Mann öffnete ihm die Tür.

„Guten Tag, ich bin Kriminalhauptkommissar Rüdiger Salzmann. Mein Kollege Hessberger wartet hier auf mich."

„Ich weiß, Herr Kommissar, kommen Sie herein."

*

Gegen 18 Uhr beschloss Adi Hessberger, Salzmann anzurufen, von dem er noch nichts gehört hatte. Aber der Kollege ging nicht ran. Wahrscheinlich hatte Rüdiger die Gunst der Stunde genutzt und mal früher Feierabend gemacht. Adi entschied, es ihm gleichzutun. Er klingelte noch kurz bei Sina durch, aber auch sie war nicht erreichbar. Inzwischen hegte er größte Zweifel, ob sie jemals wieder zusammenkommen würden. Machte er sich am Ende zum Affen, wenn er ihr immer noch hinterherlief?

DREIUNDZWANZIG

Samstag, 21.03.2020, 7.50 Uhr, Hessbergers Wohnung

Das Telefon klingelte und klingelte. Welcher Idiot rief am Samstag mitten in der Nacht an? Schlaftrunken griff Adi nach dem Hörer. „Hessberger!" Schlagartig wich jede Müdigkeit aus seinem Körper. „Ich bin in ein paar Minuten da."

Am Eingang des Präsidiums traf er auf Sina, die auch noch etwas angeschlagen wirkte. Mühlbauer saß schon im Besprechungsraum.

„Na, auch nichts Besseres vor am Samstagmorgen?", begrüßte er seine Kollegen. „Rüdiger scheint nicht geneigt zu sein, seinen Schönheitsschlaf zu unterbrechen." Mühlbauer hielt ein Paket hoch. „Das ist heute früh gekommen und es sieht dem Paket vom letzten Mal sehr ähnlich. Doch diesmal gibt es keinen Poststempel."

„Haben die schon wegen Sprengstoff geschaut?"

„Adi, mach dich bitte nicht lächerlich. Wer soll denn das gemacht haben, Samstag um diese Uhrzeit? Unsere technischen Möglichkeiten sind auch begrenzt. Also wenn's knallt, war es Sprengstoff."

„Sehr, sehr witzig!" Adi öffnete vorsichtig das Paket, während Sina und Lars ein paar Schritte zur Seite gingen. „Sicher ist sicher!"

In dem Paket war eine kleine Schachtel, darin befand sich wieder ein USB-Stick. „Wir gehen rüber zur IT, mal sehen, welche Überraschung es diesmal gibt."

Heute hatten Sascha und Carsten Dienst. Es begann die gleiche Prozedur wie beim letzten Mal. Der abgeschottete PC wurde angeschlossen, Carsten steckte den USB-Stick ein. Als der Film zu laufen begann, erkannten sie mit Entsetzen den nackten, völlig apathisch wirkenden Rüdiger Salzmann. Er lehnte an einer Wand in einer Wohnung, die offensichtlich dieselbe war wie in dem anderen Video. Auf einmal wurde er am Hals gepackt und sein Kopf in einen Wassereimer gedrückt. Während der gemarterte Kollege mit fahrigen Bewegungen um sich schlug, endete der Film und eine klotzige Schrift erschien auf dem Bildschirm:

„Wollen wir ein Spiel spielen?"

Sina hatte die Hände vors Gesicht geschlagen. Adi spürte ein ungeheure Wut in sich aufsteigen. „Das Schwein hat sich Rüdiger geschnappt. Deshalb hat er sich gestern nicht mehr gemeldet. Wir müssen ihn unbedingt finden! Vielleicht können wir seinen Weg durch die Handybewegung zurückverfolgen. Jungs, ortet sein Telefon! Eventuell hat der Täter einen Fehler gemacht und das Ding behalten."

Während die IT mit der Ortung beschäftigt war, klingelte schon wieder Hessbergers Apparat. Nachdem er das Gespräch beendet hatte, sah er sich um. „Das darf doch alles nicht wahr sein. Man hat Schumann, den Bankangestellten, aus dem Gefängnis entlassen. Es gab wohl eine Anweisung vom Staatsanwalt. Aus meiner Sicht stinkt das gewaltig. Ich glaube, wir haben keine ruhige Minute mehr, bis wir den Täter erwischt haben, tot oder lebendig!"

*

Den Samstag verbrachten sie auf dem Präsidium. Gegen Mittag stießen Dr. Weiß, den Adi sicherheitshalber in ein eigenes Büro verfrachtete, und die restlichen Kollegen aus dem IT-

Bereich zum Team hinzu. Auf einmal fingen die Bildschirme an zu flackern und man hörte eine blecherne, verzerrt klingende Stimme:

„Das Spiel beginnt heute um 15 Uhr und endet am Sonntag um 22.59 Uhr. Wenn Sie Ihren Kollegen lebendig wiederhaben wollen, müssen Sie ihn innerhalb von 32 Stunden finden, ansonsten wird Kommissar Salzmann sein Ende im Süßwasser finden. Das Prozedere kennen Sie ja alle schon. Hilfsmittel sind übrigens nicht erlaubt, deshalb habe ich auch ein wenig vorgesorgt, aber das werden Sie sicher bald selber merken. Frau Fröhlich, Herr Mühlbauer und Herr Hessberger dürfen sich nur im Präsidium und in ihren Wohnungen aufhalten, keinesfalls außerhalb dieser Zonen. Und bitte glauben Sie nicht, dass Sie mich verarschen können. Alle anderen Beamten dürfen ganz normal ihren Dienst verrichten. Wenn das verstanden wurde, drücken Sie zur Bestätigung die Entertaste."

Adi blickte sich im Kreis um und drückte dann die Taste. In diesem Moment erschien auf dem Bildschirm eine neue Anzeige. Neben der Zahl 32:00 befand sich eine Sanduhr, die just in diesem Moment anfing, sich zu drehen. Der Countdown begann.

31:59:59

„Der meint das ernst!" Adi schaute konsterniert in die Runde. „Wenn der Typ Rüdiger etwas antut, bringe ich ihn um, so wahr ich Hessberger heiße."

„Wir benötigen alle Hilfe, die wir kriegen können", rief Sina. „Dafür brauchen wir Beamte, die uns draußen unterstützen. Ich glaube, wir werden per Handy überwacht, und zusätzlich müssen wir uns auch am Bildschirm zeigen. Was haltet ihr davon, wenn wir schnell nach Hause düsen und alles holen, was wir hier benötigen, um die 32 Stunden auf dem Kommissariat verbringen zu können? Getränke haben wir genug da und Essen bestellen wir einfach."

„Machen wir!" Lars Mühlbauer holte bereits seinen Autoschlüssel heraus. „Komische Situation für mich. Eben noch im Gefängnis, jetzt im Präsidium eingesperrt."

Zur Überraschung aller erklärte sich auch Dr. Weiß bereit, in seinem Extraraum zu bleiben und dem Team im Präsidium mit Rat und Tat zur Seite zu stehen.

Adi klatschte in die Hände. „Auf geht's, Freunde! Wir brauchen eine große Karte vom eingegrenzten Gebiet und noch ein paar Flipcharts, um unsere Ideen transparenter zu machen. Sina, du informierst die IT. Alle verfügbaren Leute werden hier benötigt. Sag ihnen, dass sie sich auf einen längeren Aufenthalt einrichten müssen."

31:34:17

Inzwischen hatte Adi mehrere Telefonate mit der obersten Etage geführt. Er erhielt die Zusage, dass alle verfügbaren Einsatzkräfte der örtlichen Polizei an der Rettungsaktion für Kriminalhauptkommissar Rüdiger Salzmann teilnehmen würden. Auch eine Einheit des SEK hielt sich bereit, jederzeit die Stürmung eines Zielobjekts vornehmen zu können.

*

Rainer Schumann war völlig unerwartet aus der Haft entlassen worden und freute sich, endlich wieder frische Luft atmen zu können. Er spürte die Vibration seines Handys und steckte es wieder in seine Hosentasche, nachdem er die SMS gelesen hatte. Jemand wollte ihm mitteilen, wer hinter dieser miesen Aktion steckte und ihn reingelegt hatte. Schumann überlegte, ob er den Kommissar informieren sollte, aber seine Erfahrungen mit der Polizei waren in letzter Zeit nicht besonders gut gewesen. Also entschloss er sich, einfach mal zu der angegebenen Adresse zu fahren. Vielleicht hätte er dann endlich Gewissheit, wer hinter dieser schlimmen Sache steckte. Für ihn war es das Wichtigste, seine Unschuld beweisen zu können.

*

In der Zentrale arbeiteten alle fieberhaft daran, Salzmanns Aufenthaltsort herauszufinden, als auf einmal ein Mitarbeiter der IT aufgeregt vor Hessberger stand. „Sie sind weg, alle weg!"

„Lothar, jetzt beruhige dich erst mal. Was willst du mir sagen?"

„Alle elektronischen Akten, die mit dem Fall zusammenhängen sind einfach aus dem System verschwunden. Die Akte Gerber, die Akte Zenker, die Pädophilen-Akte, einfach alle! Als hätten sie sich in Luft aufgelöst!"

Hessberger wandte sich zu den anderen. „Hilfsmittel sind nicht erlaubt, er hat schon ein wenig vorgesorgt, aber das werden wir bald selber merken", zitierte er den Racheengel. „Das meinte er also damit!"

Lothar rastete aus. „Scheiße, der Typ hat uns komplett an den Eiern und auf unsere Technik können wir uns schon gar nicht mehr verlassen." Doch ebenso schlagartig beruhigte er sich wieder, als ihm einfiel: „Jetzt zahlt sich zum Glück unser altertümliches Arbeiten aus. Noch haben wir auch die guten alten Papierakten."

„Vielleicht ist es sogar besser, wenn wir auf Papier arbeiten, dann kann er nicht von außen auf unser Programm zugreifen", sagte Adi mit beruhigender Stimme. „Ich glaube, unsere Backups sind zusätzlich vorhanden, aber wenn wir damit arbeiten, wird unser Gegner das bestimmt zu verhindern wissen. Was ist mit den Bildern und dem Videofilm, Lothar?"

„Das Material haben wir zum Glück auf dem USB-Stick."

28:33:07

Rainer Schumann konnte seine Augen kaum öffnen. Wo war er und vor allem, wo waren seine Kleider? Hände und Füße waren mit Kabelbindern gefesselt, sein Kopf dröhnte in einer fast nicht auszuhaltenden Lautstärke.

Außer ihm war niemand im Raum. In der Mitte des Zimmers stand ein großer, gefüllter Wassereimer, ansonsten gab es nur eine Matratze und eine Flasche Mineralwasser.

Er konnte sich noch erinnern, dass er hierher wollte, um etwas über den Menschen zu erfahren, der ihn so brutal reingelegt hatte. Danach hatte er einen absoluten Filmriss. Was passierte hier bloß?

In diesem Moment betrat ein Mann den Raum, den er noch niemals gesehen hatte. Er packte Schumann kommentarlos an den Armen und schleifte ihn zu dem großen Eimer.

*

Das Präsidium glich einem Taubenschlag, da die neu hinzugekommenen Beamten eingewiesen werden mussten. Adi schärfte ihnen ein, dass sie alle der verlängerte Arm des Führungsteams wären und unbedingt allen Anweisungen Folge leisten müssten. Insgesamt waren es 28 örtliche Beamte, die in vier Gruppen eingeteilt wurden. Die Beamten und das Team von Hessberger wurden mit neuen Prepaidhandys ausgerüstet. Die IT-Boys hatten darauf bestanden, weil sie befürchteten, dass der Racheengel jegliche Kommunikation abhören könnte. Während die Zentrale die Gruppen koordinierte, sollten die neuen Kollegen auf Anweisung hin punktuell Wohnungen durchsuchen. Das SEK war über eine Sonderleitung in die Ermittlungen eingebunden und konnte jederzeit einen Zugriff vornehmen. Dr. Weiß arbeitete immer noch am Profil des Mörders, um eventuell weitere Details zu ergründen, die für das Auffinden des Mörders nützlich sein könnten.

Plötzlich erschien das Bild eines Wassereimers auf allen Monitoren. Dann hörten sie wieder die verzerrte Stimme: „Ich hoffe, der Verlust der elektronischen Akten hat Sie nicht allzu schwer getroffen. Vertrödeln Sie bitte nicht Ihre Zeit, denn Ihr Kollege hat nicht mehr allzu lange zu leben. Ach, bevor ich es vergesse: Im Anschluss habe ich noch ein kleines Filmchen für Sie vorbereitet, damit Sie sich ein wenig auf die kommenden Ereignisse einstimmen können."

Auf dem Bildschirm war ein nackter Mann zu sehen, doch es handelte sich nicht um Rüdiger Salzmann. Der mit dem Rücken zur Kamera stehende Täter packte den Mann und steckte dessen Kopf tief in den großen Wassereimer. Verzweifelt japste das Opfer nach Luft, sein gefesselter Körper zuckte wie wild. Sekunden vergingen. Wie gebannt starrte die gesamte Truppe auf den am Bildschirm stattfindenden Todeskampf. Die Bewegungen wurden immer langsamer und plötzlich erlosch das Bild. Fassungslosigkeit machte sich im Büro breit.

„Ich fürchte, wir mussten gerade einen Mord mit ansehen", sagte Adi mit gepresster Stimme. „Wer zum Teufel war das?" Er schaute fragend in die Runde.

Sina antwortete prompt. „Rainer Schumann, der Bankangestellte. Aber wie hat er sich den bloß geschnappt? Es ist absolut gruselig, wie der Kerl vorgeht."

Inzwischen war es mitten in der Nacht, 1:15 Uhr am Sonntagmorgen, aber gefühlt war es mitten am Tag. So akribisch und beflissen hatte Adi sein Team noch nie arbeiten sehen. Sie hatten nur noch 21 Stunden und 45 Minuten Zeit, Kriminalhauptkommissar Rüdiger Salzmann zu retten. Für Rainer Schumann schien es leider zu spät zu sein. Und es lagen immer noch keine Hinweise vor, wo genau sie suchen sollten. Die Kaffeemaschine lief auf Hochtouren und Hessberger verteilte zum Aufputschen Cola und Energiedrinks. Er merkte dem Team die Übermüdung und die seelische Überlastung an, doch er war stolz auf den Einsatz seiner Leute.

Dr. Weiß lieferte weitere Informationen zum Täter. Anhand der Filmausschnitte hatte der Psychologe versucht, dessen Größe und Gewicht einzuschätzen. „Er ist circa 1,90 Meter groß und wiegt um die 100 Kilogramm. Es scheint sich um einen durchtrainierten Mann zu handeln und meine letzte Altersprognose muss ich etwas revidieren, sie lautet nun Ende dreißig."

„Ich bin Ihnen echt dankbar für Ihre Unterstützung, aber wie sollen wir ihn mit diesen Angaben finden?"

„Vielleicht mithilfe meiner aktuellen Entdeckung? Ich habe mir die Szene mit dem Wassereimer noch mehrmals angesehen, aber statt mich auf das Opfer zu konzentrieren, habe ich den Täter intensiver in Augenschein genommen. Er hat einen Fleck am Unterarm, den ich von der IT vergrößern lassen habe. Das ist dabei rausgekommen."

Hessberger schaute sich das Bild genau an. „Sieht aus wie das Tattoo eines kleinen, buckligen Männchens, oder?"

„Schauen Sie sich das Bild genauer an. Ich habe auch mehrfach hinsehen müssen. Wenn Sie mich fragen, ist das eine Märchenfigur. Aus meiner Sicht gibt es da nur eine passende Figur, und zwar Rumpelstilzchen."

„Echt jetzt?"

„Ich bin mir ziemlich sicher. Und was glauben Sie, Herr Hessberger, wie viele Männer in diesem Alter haben ein solches Tattoo?"

„Dr. Weiß, Sie sind echt genial. Wir werden alle Inhaber von Tattoo-Shops aus dem Bett klingeln und ihnen dieses Bild zeigen. Ich hoffe nur, dass wir sonntags auch tatsächlich jemanden erreichen. Auf jeden Fall ist es eine gute Chance, die uns auf die Spur des Racheengels führen könnte."

Hessberger kramte in seinen Kindheitserinnerungen und überlegte, was genau in diesem Märchen passiert war. Hatte es irgendeinen Bezug zu ihrem Fall? Er war sich ziemlich sicher, dass Rumpelstilzchen böse Absichten hatte. Es wollte das Kind der Königin holen, als Einlösung für ein Versprechen. Wollte ihr Racheengel tatsächlich Rüdiger? Und wenn ja, war er bereit, ihn wieder herzugeben? Egal, am Ende siegte das Gute im Märchen, hoffentlich auch in ihrem Fall. Aber was hatte Rumpelstilzchen mit dem OFC zu tun? Möglicherweise war es nur ein Symbol unter Hackern.

Adi ließ den Psychologen wieder allein. Er hatte auf einmal ein Leuchten in den Augen, weil es jetzt endlich eine heiße Spur gab und voller Übermut summte er vor sich hin: „Ach wie gut, dass du nicht weißt, dass Adi bald schon auf dich scheißt!"

19:26:14

Die vier Gruppen, bestehend aus regionalen Polizisten, durchkämmten die Wohngegenden rund um das Mainufer. Das gestaltete sich nicht so einfach, denn die wenigen Bewohner, die überhaupt öffneten, waren nicht besonders begeistert, dass mitten in der Nacht oder am frühen Morgen die Polizei klingelte. Inzwischen waren alle darüber informiert, wie Dr. Weiß den Täter beschrieben hatte, vor allem über sein außergewöhnliches Merkmal: das Tattoo.

Mehrere Nachbarn hatten sich beschwert, dass aus einer Wohnung im achten Stock Schreie zu hören wären. Auch die Beschreibung des Mieters passte in ihr Suchschema. Deshalb wurde entschieden, das SEK einzubinden. Um 4 Uhr morgens füllte sich das Treppenhaus mit den herbeigerufenen Einsatzkräften. Nach einer kurzen Lagebesprechung entschied die Einsatzleitung des SEK, die Wohnung zu stürmen, zumal die Frist in 19 Stunden ablaufen würde.

Das SEK sprengte die Tür mit einem Rammbock, einer der Beamten warf eine Blendgranate in die Wohnung. Schreie hallten durch das ganze Haus.

*

Im Präsidium hielten sie den Atem an. Es war gespenstisch still und die Luft knisterte förmlich vor Spannung. Alle hofften auf einen Erfolg des SEK, denn Rüdiger Salzmann war ein beliebter Kollege – und zumindest für Adi und Sina viel mehr als das. Sobald die Situation es erlaubte, würde sich die Einsatzleitung melden. Alle warteten sehnsüchtig auf das Klingeln des Telefons.

Zwei Angler riefen die 110 an und eine Polizeistreife machte sich postwendend auf den Weg ans Mainufer. In Höhe des Fahrradwegs an der Mainstraße lag etwas Verdächtiges. Vorsichtig näherten sich die Beamten der Stelle. Ein größerer, flacher, im Dunkeln hell schimmernder Gegenstand war zu erkennen, ein Bündel, das mit einem weißen Tuch bedeckt war. Mithilfe einer Taschenlampe konnten die Beamten lesen, was auf dem Tuch stand:

„Gesündigt! Bereut! Gebüßt!"

Vorsichtig zogen sie das Laken zur Seite. Darunter lag, vollkommen nackt, ein männlicher Toter.

Soeben hatte sich das SEK im Präsidium gemeldet. Wie es aussah, war ihnen zwar ein kleiner Fisch ins Netz gegangen, aber es handelte sich nicht um den gesuchten Racheengel. Die Schreie, wegen derer die Nachbarn so aufgebracht waren, hatten einen ganz natürlichen Hintergrund: Ein Pärchen hatte sich ungeachtet der dünnen Wände im Mietshaus lautstark vergnügt. Die Wohnung hatte bei dem Einsatz einiges abbekommen, als das Liebesspiel der beiden jäh unterbrochen wurde.

„Langsam läuft uns die Zeit davon", ließ sich Adi vernehmen. „Zur Not müssen wir sämtliche Tattoo-Shop-Betreiber vor Ort rausklingeln lassen. Mit Telefonieren kommen wir nicht weiter. Ab jetzt sollen zwei Gruppen sich ausschließlich um die Tätowierer kümmern. Dann haben wir immer noch zwei Gruppen, die Wohnungsüberprüfungen vornehmen können. Lars, kümmere du dich mit Dr. Weiß um die Internetportale. Vielleicht findet ihr etwas über die Bildsuche. Aber nutzt keinesfalls das WLAN des Präsidiums. Am besten ihr nutzt eure privaten Handys."

17:34:09

Sina war fix und fertig. Da sie selbst ein Entführungsopfer gewesen war, konnte sie am eigenen Leib empfinden, wie schlimm das Ganze für Rüdiger sein musste. Damals, in der Gewalt des Serienkillers, hatte nur der Gedanke sie am Leben gehalten, dass Adi sie befreien würde.

In diesem Augenblick klingelte ihr Telefon. „Oh mein Gott! Wissen Sie schon, um wen es sich handelt? Eine männliche, nackte Leiche. Vielen Dank und schicken Sie uns so schnell wie möglich ein Foto." Sie zitterte am ganzen Körper. „Bitte lieber Gott, lass es nicht Rüdiger sein!"

Adi kam auf sie zu, nahm sie in den Arm und drückte sie. „Was ist passiert?"

„Sie haben am Main eine männliche Leiche gefunden, genau das gleiche Muster wie bei unseren letzten Opfern. Und es könnte … Rüdiger …" Sie schluchzte.

„Glaube ich nicht. Der Täter will mit uns ein Spiel spielen, sein Spiel! Er genießt unsere Sorge um Rüdiger und unsere Angst, dass ihm etwas passieren könnte. Genau deshalb wird er ihm vor Ablauf des Ultimatums nichts tun. Glaub mir!" Er strich über ihr Haar und küsste sie auf die Stirn.

Sie schaute ihn aus feuchten Augen an, eine Träne löste sich und lief ihre Wange herunter.

„Meinst du wirklich?"

15:07:46

Es wirkte befremdlich, aber Adi atmete auf, als die SOKO Bieberer Berg das Bild des Toten zugesendet bekam. Nicht nur er freute sich, das komplette Team war erleichtert. Bei der Leiche handelte es sich um Rainer Schumann, den Bankangestellten, der Millionenbeträge veruntreut haben sollte.

Sina war Adi spontan um den Hals gefallen. Noch immer hielten sich die beiden fest im Arm. Doch das laute Klingeln des Telefons brach den Zauber des Augenblicks.

Der Anrufer war Inhaber eines Tattoo-Studios. Einer seiner Mitarbeiter, leider bisher noch nicht erreichbar, hatte sich auf Märchenmotive spezialisiert. „Steve hat ein Talent dafür, Figuren, Fabeln und alte Geschichten auf der Haut unserer Kunden zum Leben zu erwecken. Ich bin mir nur nicht sicher, ob Rumpelstilzchen auch dabei war."

12:14:08

Steves Handy klingelte inzwischen zum hundertsten Mal, doch er war nicht in der Lage, ranzugehen, so zugedröhnt war er. Was wollte sein Chef bloß an einem Sonntagmorgen von ihm? Wenn er jetzt ranginge, würde der Chef sofort Lunte riechen. Aber das Zeug war einfach genial! Manchmal nahm er ein paar Züge, bevor er ein Tattoo stach. Dabei waren oft tolle Figuren entstanden. Er schaute auf seine Wand, die voll war mit seinen Entwürfen. Märchen waren genau sein Ding. Er liebte diese Figuren über alles, und er war richtig froh, dass sie bei seinen Kunden so gut ankamen.

*

Hessberger fluchte vor sich hin. „Ich krieg echt die Krise! Jetzt haben wir einen brauchbaren Hinweis und der Typ ist nicht erreichbar! Was können wir noch tun? Alle arbeiten seit Stunden am Rande ihrer Leistungsgrenze."

„Schick ein Team zu der Adresse des Tätowierers", schlug Sina vor. „Auch wenn es vielleicht nur ein Schuss ins Blaue ist, wir müssen alle Register ziehen."

10:04:23

Die Beamten parkten den Wagen an der Rückseite des Albert-Schweitzer-Gymnasiums. Das Mehrfamilienhaus, in dem der Tätowierer wohnte, lag in der Gabelsbergerstraße. Als niemand aufmachte, klingelten die Polizisten bei den anderen Bewohnern, bis der Summer der Haustür ertönte. Im zweiten Stock fanden sie das richtige Klingelschild. Mit der Faust trommelten die Ermittler gegen die Tür, nachdem auf das Klingeln auch diesmal keine Reaktion erfolgt war. Gerade als sie sich für den Aufbruch entschieden, öffnete jemand langsam die Tür.

Ein ziemlich verkatert wirkender junger Mann stand vor ihnen. „Hey, geht's noch? Was zur Hölle ist denn los? Irgendwas passiert?"

„Wir müssen dringend mit einem Tätowierer namens Steve sprechen."

„Oh Mann, Sie kommen wegen Steve? Der wohnt nicht mehr hier. Wir haben ne Weile die Wohnung geteilt, aber irgendwann ging das nicht mehr, ich sag Ihnen, der hat nur noch dieses teuflische Zeug geraucht und war dauerbreit. Ich wollte keinen Ärger, aber das hat ihn nicht interessiert. Am Ende hab ich ihn rausgeworfen."

„Wissen Sie vielleicht, wie seine neue Adresse lautet?"

des Hackers nachzuverfolgen. Die größte Herausforderung war es, in das System des Hackers zu gelangen. Das durfte er keinesfalls mitbekommen, denn in diesem Fall bestand die Gefahr, dass er sich problemlos in das einzige noch sichere Netz der Dienststelle einhacken konnte.

6:11:03

Langsam verflog das heftige Rauschgefühl. Steve war inzwischen besser drauf. Er setzte sich an seinen Schreibtisch und fing an zu zeichnen. Dabei konnte er sich total gut entspannen. Sein Blick fiel auf die Wand im Hintergrund. Die Figuren seiner Märchenbilder waren wirklich großartig gezeichnet und in Szene gesetzt. Zuletzt hatte er ein großes Tattoo gestochen, Schneewittchen und die sieben Zwerge, doch sein persönliches Highlight war ein ganz besonderes Bild. Er stand auf und strich mit den Fingern über die Zeichnung.

„Wunderschön!", dachte er. Die klaren Konturen und vor allem die enorme Aussagekraft berührten ihn. Schon als Kind hatte er es geliebt, wenn sein Vater ihm diese Geschichte vorlas. Der Rattenfänger von Hameln.

*

Die Einsatzteams waren ohne Pause unterwegs und liefen von Haus zu Haus, um mit den Bewohnern zu sprechen. Bisher hatten sie zwar viele Hinweise erhalten, doch meist ging es um belanglose Nachbarstreitigkeiten. Jetzt hatten sie noch 12 infrage kommende Blocks und Häuser rund um den Main vor sich. Allesamt Objekte, die sich innerhalb des vermuteten Bereiches befanden. Da es sich teilweise um größere Einheiten handelte, würde es noch etliche Stunden dauern, bis sie alle komplett abgearbeitet hatten. Nach einer kurzen Rücksprache entschied sich das Team, die Zentrale eine Vorauswahl treffen zu lassen.

3:47:15

Kommissar Max Schlüter von der Sitte gehörte nicht zum Team von Adi Hessberger, was er persönlich sehr bedauerte. Vor ein paar Wochen hatte Schlüter undercover das Vertrauen eines wichtigen Bandenmitglieds eines Zuhälterrings gewonnen. Dieser operierte in ganz Hessen und lockte viele Frauen, vor allem aus dem außereuropäischen Ausland, mit Versprechungen ins Rhein-Main-Gebiet, von wo aus die meist noch sehr jungen Mädchen an Bordelle in ganz Europa verschachert wurden.

Der Mittelsmann von Kommissar Schlüter war für die „Einarbeitung" der Frauen zuständig. Als dieser unvermittelt vor seiner Wohnungstür auftauchte, war Schlüter total überrascht. Völlig entgeistert sah er sein Gegenüber an und fragte: „Verdammt, was willst du hier?"

Ein brutaler Zug lag auf dem Gesicht des Zuhälters. „Weißt du, was ich überhaupt nicht leiden kann? Ich sag's dir. Verräter! Und weißt du, was noch schlimmer ist? Verräter, die auch noch gleichzeitig Bullen sind! Aber du wirst deine Freunde sicher nicht verraten. Und willst du wissen, warum? Weil du nie wieder mit irgendjemandem reden wirst!"

1:56:04

Die Stimmung im Präsidium wurde von Minute zu Minute angespannter. Hessberger schaute immer wieder auf die ablaufende Uhr und hoffte nach wie vor auf den entscheidenden Durchbruch. In die Stille hinein klingelte sein Telefon.

„Nein, nein, das gibt's doch gar nicht! Wo hat das Ganze stattgefunden? Wird er es schaffen? Vielen Dank für Ihren Anruf. Und bitte halten Sie mich auf dem Laufenden."

Als er aufgelegt hatte, stand Sina fragend vor ihm. „Was ist los? Hat der Anruf mit Rüdiger zu tun?"

„Nein, aber mit einem Kollegen von der Sitte. Schlüter, der aktuell undercover arbeitet, ist aufgeflogen. Man hat ihm vor seinem Haus aufgelauert und ihn fürchterlich zugerichtet. Offenbar wurde er als Verräter entlarvt, denn sie haben ihm die Zunge herausgeschnitten und in den Mund gestopft. Der Arzt meinte, dass Schlüter zwar lebt, aber vielleicht höchstens noch ein paar Stunden. Ein Nachbar hat die Szene von seinem Balkon aus miterlebt und sofort die Polizei gerufen."

„Dieser Killer ist wirklich ein gewissenloses Monstrum. Wer weiß, wie viele unserer Kollegen inzwischen enttarnt, wie viele geheime Adressen öffentlich gemacht wurden. Jetzt haben wir es zusätzlich zu unserem Mörder noch mit den Racheakten von Schwerverbrechern zu tun. Er will uns so intensiv mit brutalen Gewaltakten beschäftigen, dass wir kaum eine Chance haben, Rüdiger jemals zu finden."

„Du hast völlig recht, Sina, und noch dazu haben wir nicht mehr die Zeit, ihn ‚jemals' zu finden, es muss gleich sein."

1:29:53

Steves Wahrnehmung war immer noch deutlich geschärft, obgleich die Wirkung der Droge nachgelassen hatte. Als er aus dem Fenster blickte, konnte er mehrere Polizisten erkennen, und das war nicht gut. Er raffte schnell die Päckchen mit der Ware zusammen, steckte alles in einen Rucksack und verließ die Wohnung, wobei er darauf bedacht war, die Tür leise ins Schloss zu ziehen. Dann schlich er sich im Treppenhaus nach oben ins nächste Stockwerk. Die Rentnerin, der er manchmal die Einkaufstaschen nach oben trug, freute sich über den unverhofften Besuch. „Steve, komm doch rein, möchtest du eine Tasse Kaffee?"

*

Nachdem die Zentrale über die Eltern des Tätowierers endlich die neuen Adressdaten erhalten hatte, stürmten die Beamten die Treppen hinauf und standen vor seiner Wohnung. Trotz mehrmaligen Klingelns rührte sich niemand. Die Polizisten traten die Tür ein und stellten fest, dass der Vogel ausgeflogen war. Bei der Durchsuchung fanden sie mehrere Zeichnungen, auf einer war ein buckliges, kleines Männchen abgebildet.

*

Im Präsidium saßen alle auf heißen Kohlen, als endlich der Anruf kam. Als Hessberger abhob, wäre er beinahe aus der Haut gefahren. „Das kann doch nicht wahr sein! Durchsucht das ganze Haus! Ist mir scheißegal, wie ihr es anstellt, aber bringt mir den Typen her. Und zwar plötzlich!"
Sina ging zu ihm und legte ihre Hand auf seinen Oberarm. „Komm mal wieder runter. Wir sind alle mit den Nerven am Ende. Aber es bringt doch nichts, hier rumzuschreien."

Adi blickte sie lange an, nie war seine Liebe zu ihr größer gewesen. „Entschuldige. Du hast ja recht, aber ich halte das fast nicht mehr aus."

„Ich verstehe das völlig, aber wir müssen ruhig bleiben. Nur so haben wir eine Chance, Rüdiger zu retten."

„Okay, okay." Adi wandte sich an das Team und sagte in betont sachlichem Tonfall: „Der Tätowierer ist unsere heißeste Spur. Wir müssen ihn finden, und zwar so schnell wie möglich. Wahrscheinlich ist er unsere letzte Chance."

*

Als die Rentnerin auf die lauten Stimmen der Beamten und der anderen Hausbewohner im Treppenhaus aufmerksam wurde, wollte sie zur Tür laufen, um nachzusehen, was draußen los war. Doch Steve hielt sie zurück. „Blieben Sie sitzen, ich schaue nach, was da los ist."

Die resolute Frau ließ sich jedoch nicht von ihrem Vorhaben abbringen. Er versuchte, sie festzuhalten, aber sie konnte sich losreißen. Was war nur in ihn gefahren? Sie wusste nicht, dass sein Urteilsvermögen durch den Einfluss von Drogen deutlich getrübt war. Als sie die Tür öffnen wollte, spürte sie einen Luftzug hinter sich. Sie drehte sich um und sah gerade noch Steve, der mit einem Gegenstand in der Hand hinter ihr stand. Bevor sie auch nur ansatzweise reagieren konnte, krachte ihr die Vase auf die Stirn und sie stürzte blutend zu Boden.

Zwei Polizisten hatten die Geräusche aus der Wohnung der Rentnerin gehört und klingelten Sturm. „Polizei, öffnen Sie sofort die Tür, sonst müssen wir sie aufbrechen!"

Zuerst war nichts zu hören, doch dann vernahmen sie eine laute Stimme. „Haut ab, ihr Scheißbullen! Sonst wird's der alten Dame schlecht ergehen! Habt ihr verstanden? Ich habe eine Geisel und ich werde nur mit einem Entscheidungsträger verhandeln. Er soll mich unter dieser Nummer anrufen." Ein Zettel wurde unter der Tür durchgeschoben.

*

Adi Hessberger wählte die Handynummer des Tätowierers. Er hatte das Gespräch auf Lautsprecher gestellt, damit seine Kollegen mithören konnten. Eine aufgeregte Stimme meldete sich am anderen Ende. „Hey Leute, bleibt cool, okay?"

„Steve, ich darf Sie doch Steve nennen? Hier spricht Kriminalhauptkommissar Adi Hessberger. Wir brauchen unbedingt Ihre Hilfe, Steve. Ein Polizist schwebt in Lebensgefahr, und wenn Sie uns helfen, ihn zu retten, kann ich einige Dinge, die passiert sind, unter den Tisch fallen lassen. Wollen wir einen Deal machen und die Sache zu einem guten Ende bringen?"

„Wer garantiert mir, dass Sie mich nicht reinlegen? Die Frau ist meine einzige Trumpfkarte, und wenn ich sie jetzt freilasse, stürmen die Bullen die Wohnung. So dumm bin ich nicht. Ich möchte eine Garantie von einem Staatsanwalt, dass ich absolut straffrei bleibe."

„Steve, bis ich den Staatsanwalt an der Strippe habe, ist unser Kollege längst im Main versenkt. Es muss schneller gehen. Es geht um Leben oder Tod, haben Sie das verstanden?"

Steve zögerte. „Äh, ja … Was wollen Sie denn überhaupt von mir wissen?"

„Sie haben einen viel größeren Trumpf in der Hand. Wir suchen einen Serienmörder und wahrscheinlich sind Sie der Einzige, der weiß, wo er sich aufhalten könnte."

„Ich? Wie kommen Sie auf so einen Schwachsinn?"

„Wie es aussieht, hat sich der Killer bei Ihnen ein Tattoo stechen lassen."

„Bei mir? Welches Tattoo soll es denn gewesen sein?"

„Es handelt sich um eine Märchenfigur – Rumpelstilzchen!" Danach war es mucksmäuschenstill. „Steve, sind Sie noch am Apparat? Sie müssen uns helfen!"

Stille in der Leitung, bis eine zögerliche Stimme erklang. „Ich muss kurz nachdenken!"

Hessberger schrie vor Wut in den Hörer. „Was gibt es denn da nachzudenken? Sagen Sie uns den Namen und die Adresse! Mehr will ich nicht von Ihnen. Dann lasse ich Sie gehen. Das ist jetzt mein allerletztes Angebot. Wenn Sie nicht sofort reden, erteile ich den Kollegen vor Ort den Befehl, die Wohnung zu stürmen."

„Scheiße, ich weiß doch auch nicht, welcher von den Kerlen der Richtige ist. Es sind VIER, haben Sie verstanden, Herr Kommissar? Es sind VIER! Ich habe viermal exakt das gleiche Tattoo gestochen!"

0:49:02

Nach dieser niederschmetternden Aussage verharrte Adi sekundenlang mit dem Telefon in der Hand. Vor seinem geistigen Auge sah er den Leichnam von Rüdiger Salzmann. Sina musste ihn mehrfach schütteln, um ihn aus seiner Lethargie zu reißen.

Doch dann ging alles fix. Der Tätowierer kannte zwar die Namen seiner Kunden, aber nicht deren Kontaktdaten. Sina kontaktierte sofort Steves Chef, der bereits auf dem Weg in sein Studio war, um die Adressen herauszusuchen, doch dafür würde er etwa 20 Minuten benötigen. Parallel dazu veranlasste sie, alle vier Teams, bestehend aus je vier Beamten und drei Mitgliedern des SEK, in dem errechneten Radius zu stationieren.

Im Präsidium hätte man eine Nadel fallen hören können. Das gesamte Team hielt den Atem an und fieberte mit.

*

Plötzlich zerriss eine bekannte Stimme die Stille. Über die Lautsprecher der Monitore war der Racheengel zu hören. „Frau Fröhlich, Herr Mühlbauer und Herr Hessberger, ich bin ein wenig enttäuscht von Ihren Bemühungen. Wahrscheinlich habe ich die Intelligenz der Polizei zu hoch eingeschätzt."

0:28:32

Inzwischen hatte der Inhaber seinen Tattoo-Laden erreicht und gab die Adressen an das Präsidium weiter. Als die Beamten die Adressen sahen, war ihnen klar, dass es höllisch knapp werden würde.

Adi überflog die Adressen. Eine davon lag nicht am Main.

„Die lassen wir weg", schlug Sina vor. Wir konzentrieren uns auf die anderen drei Wohnungen."

„Sina, wir haben vier Teams und die werden wir auch einsetzen! Möchtest du am Ende verantworten, dass wir für Rüdiger nicht alles versucht haben? Also Startschuss für alle Einheiten!"

*

Der Monitor erwachte wieder zum Leben. „Hallo Herr Kriminalhauptkommissar Hessberger. Da mir zufällig bekannt ist, dass Herr Salzmann ein sehr guter Freund von Ihnen ist, wollte ich Ihnen wenigstens die Möglichkeit geben, sich zu verabschieden." In diesem Moment rückte Rüdiger ins Bild. Er sah furchtbar aus. Sein Gesicht wirkte ausgemergelt und die Strapazen hatten tiefe Falten in sein Gesicht gezeichnet. Er reagierte erst, als der Racheengel ihn an der Schulter packte und sein Gesicht genau in die Kamera hielt. „Da ist Ihr Freund Hessberger, der möchte Ihnen Tschüss sagen!"

„Rüdiger, wir holen dich da raus! Hab keine Angst, vertrau mir einfach."

„Es ist zu spät, Adi, viel zu spät! Versprich mir lieber, dass du ihn zur Strecke bringst, dieses kranke Arschloch!"

Das Bild verschwand und die Uhr auf dem Monitor zeigte wieder an, wie schnell die Zeit verstrich.

0:07:16

Die Beamten kamen fast zeitgleich an den unterschiedlichen Einsatzorten an.

Team 1 befand sich vor einem Hochhaus in der Mainstraße in Offenbach.

Team 2 hatte nach Klein-Auheim den weitesten Weg.

Team 3 fuhr in die Schöffenstraße im Stadtteil Bürgel ein.

185

Team 4 hielt sich direkt vor einem Haus im Neubaugebiet am Offenbacher Hafen auf.

Es waren nur noch wenige Minuten bis zur Deadline. Adi erteilte aus dem Polizeipräsidium Südosthessen den Befehl, die Wohnungen gleichzeitig zu stürmen.

0:05:39

Team 1 hielt sich nicht mit Klingeln auf und brach sofort die Tür auf. Die Männer vom SEK betraten die Wohnung als Erste. Im Wohnzimmer befand sich eine Person, die erstaunlich schnell reagierte und sofort in einen anderen Raum flüchtete. Die Tür war versperrt und man konnte hören, wie von der anderen Seite Schränke gerückt wurden. Mit einem Rammbock brachen die Beamten den Eingang frei. Der Mann leistete kurz Widerstand und wurde dann zu Boden geworfen. Auf seinem Arm schien eine Märchenfigur zu tanzen.

*

Team 2 stand innerhalb weniger Sekunden in der Wohnung. Der Wohnungsbesitzer schaute die Eindringlinge völlig entgeistert an und war zu perplex, um überhaupt zu reagieren. Er ließ sich ohne Gegenwehr festnehmen. Auch auf seinem Arm prangte das tanzende Rumpelstilzchen, doch von Rüdiger Salzmann fehlte jede Spur.

*

Aus dem Gebäude in der Schöffenstraße konnte man direkt auf den Main schauen. Die Zufahrt war sehr beengt, da sich vor dem Objekt eine griechische Speisegaststätte befand. Es gab fast kein Durchkommen für Team 3. Über den Hof hinweg bewegten sich die Beamten vorsichtig Richtung Eingang. Die Beamten waren sich ziemlich sicher, dass dieser Ort logistisch gesehen perfekt zu den Verbrechen passte. Deutlich war ihnen die Anspannung anzumerken.

Als sie sich langsam an die Wohnung heranschlichen, konnten sie eine Stimme vernehmen. Es war eindeutig der verzerrte Tonfall des Racheengels. Die Polizisten nickten den Männern des SEK zu und dann brach der Sturm los.

*

Auch Team 4 hatte sich in Position gebracht. Die Lage des Hauses war großartig. Der Main glitzerte im Mondlicht und das Plätschern des großen Flusses wirkte trotz der hohen Anspannung irgendwie beruhigend. Nicht weit entfernt konnten sie die Lichter der Osteria sehen und nichts wies darauf hin, dass vielleicht gerade hier das Grauen seine Heimat gefunden hatte.

Die Männer bewegten sich fast lautlos durch das Treppenhaus. Als sie sich gewaltsam Einlass verschafften, hörten sie einen grellen, markerschütternden Schrei. Im ersten Raum war niemand zu sehen, doch im Flur befand sich eine weitere Tür zu einem mit Styropor gedämmten Raum.

Der Racheengel kniete schutzsuchend hinter Rüdiger Salzmann und drückte dessen Kopf in den großen Wassereimer.

„Einen Schritt weiter und ich töte ihn."

In dem Raum befand sich ein Monitor, auf dem eine Uhr herunterzählte. Bis zum Ende des Countdowns waren es noch 3 Minuten und ein paar Sekunden.

Der Einsatzleiter des SEK hatte schon an vielen solcher Einsätze teilgenommen. Er war sich sicher, dass der Täter es ernst meinte. „Okay, okay! Wir wollen hier kein Blutvergießen veranstalten. Männer, zieht euch langsam zurück. Wir können im Moment nichts ausrichten!"

In diesem Moment bündelte Rüdiger Salzmann alle verbliebenen Kräfte und warf seinen gefesselten Körper zur Seite. Das war der Augenblick, in dem die Beamten das Feuer eröffneten und den Racheengel mit mehreren Schüssen tödlich trafen. Es schien, als wolle er noch etwas sagen, aber übrig blieb nur ein höhnisches Grinsen, das seinen letzten Atemzug begleitete.

Sofort kümmerten sich ein paar Polizisten um Rüdiger Salzmann, der völlig entkräftet am Boden lag, und befreiten ihn von den Kabelbindern. Der Countdown zählte auf einem der Monitore immer noch langsam dem Nullpunkt entgegen, während auf dem anderen Monitor die Gesichter von Adi Hessberger und Sina Fröhlich zu sehen waren.

*

Team 3 hatte inzwischen ebenfalls die Wohnung gestürmt. Sie war leer. Auf einem Tisch stand ein Monitor, der den Countdown zeigte und auf einem zweiten Bildschirm war Rüdiger Salzmann zu sehen, umgeben von den Beamten, die ihn gerettet hatten. Es war ein sehr emotionaler Moment, als sich die Beamten abklatschten und umarmten.

Rettung in letzter Sekunde. Adi liefen vor Freude Tränen über die Wangen und Sina kam aus dem Schluchzen gar nicht mehr heraus.

Auf dem Bildschirm war immer noch der Countdown eingeblendet.

0:01:07

Das Einsatzkommando hatte inzwischen für den Kollegen einen Krankenwagen gerufen. Langsam machte sich Erschöpfung breit, denn das komplette Einsatzteam war fast 40 Stunden ohne Pause im Einsatz.

Rüdiger rang sich ein mühsames Lächeln ab, als er über den Monitor mit Adi und Sina sprach. „Ich danke euch allen, dass ihr mich gerettet habt! Ich konnte schon gar nicht mehr daran glauben."

Fasziniert schaute das Team noch immer auf den Countdown, der weiter gnadenlos nach unten zählte.

0:00:13

Auf einmal durchfuhr es Rüdiger wie ein Blitz und er begann zu schreien. „Raus! Ihr müsst raus aus dem Präsidium!"

*

Der Countdown zeigte noch 9 Sekunden an. Am Bildschirm war zu sehen, wie Hessberger Sina packte und beide losrannten.

Noch 6 Sekunden.

Fünf.

Vier.

Drei …

*

Rüdiger starrte wie gebannt auf die ablaufende Zeit, dann hörten sie eine gewaltige Explosion und auf dem Gerät war nur noch eine enorme Staubwolke zu sehen.
Die Zeit stand still. Auf dem Bildschirm war zu lesen:

Das Spiel wurde erfolgreich beendet!

VIERUNDZWANZIG

Am nächsten Tag

Vor dem OFC-Fanshop saßen zwei Rentner auf den rot-weißen Sitzen. „Mensch, was für eine Katastrophe. Das komplette Polizeipräsidium liegt in Schutt und Asche. Das waren bestimmt Terroristen oder was meinst du?"

„Ich habe keine Ahnung, was da genau passiert ist, aber gleich können wir die Nachrichten hören." Er zog ein kleines Radio aus der Tasche und suchte nach einem Sender. Als sein Gegenüber ansetzen wollte zu reden, meinte er nur: „Leise, sonst kriegen wir nichts mit!"

„*Hier meldet sich Hitradio FFH mit einer Sondermeldung. Heute Nacht wurde ein Bombenanschlag auf das Polizeipräsidium Südosthessen in Offenbach verübt. Zum Zeitpunkt der Explosion befanden sich Polizeibeamte im Gebäude. Vermutlich kamen bei dem Anschlag mehrere Menschen ums Leben. Der brutale Anschlag soll mit einer Mordserie in Zusammenhang stehen, bei der laut Insiderkreisen die SOKO Bieberer Berg ermittelte. Heute Mittag wird es eine Sondersendung geben, in der wir direkt vom Ort des Geschehens ausführlich über die dramatischen Ereignisse berichten.*"

„Hast du gehört, die sind alle mausetot. Es ist ein Jammer, ich hab schon seinen Vater gut gekannt."

„Wen meinst du denn?"

„Na, den Adi! Adi Hessberger. Den Chef der SOKO Bieberer Berg. Der hat in den letzten Jahren einige Mordserien aufgeklärt, zudem war er ein ganz großer Kickersfan, so wie wir."

„Ja, ja, es ist echt zum Heulen. Er war so ein Guter!"

191

Einige Stunden nach der Bombenexplosion

Vor den Trümmern des Präsidiums arbeiteten das Technische Hilfswerk, Feuerwehr, Polizei und verschiedene Ärzteteams fieberhaft und mit Hochdruck daran, Verletzte zu bergen. Zum Glück hatten sich zum Zeitpunkt der Explosion nicht viele Menschen im Gebäude befunden. Zuerst schleppten die Sanitäter den Empfangsmitarbeiter aus dem Gebäude. Seine Verletzungen waren so schwer, dass er den Weg ins Krankenhaus nicht überlebte. Anschließend bargen sie aus den Trümmern die Leiche von Dr. Weiß. Der Psychologe hatte durch seine analytischen Fähigkeiten erheblich zur Rettung von Salzmann beigetragen, zumal er den entscheidenden Hinweis auf das Tattoo geliefert hatte, doch er hatte sich für den falschen Weg aus dem Gebäude entschieden und war von einem herabstürzenden Eisenträger erschlagen worden. Die IT-Boys waren so weit vom Zentrum der Explosion entfernt gewesen, dass sie nur leicht verletzt wurden.

Rüdiger Salzmann hatte sich geweigert, sich ins Krankenhaus bringen zu lassen, und war stattdessen zum Präsidium mitgefahren. „Suchen Sie verdammt noch mal weiter! Es gibt noch mehr Vermisste!" Er war der Verzweiflung nahe.

„Aber der Bereich, in dem sie sich vermutlich befinden, ist stark einsturzgefährdet. Wir brauchen größeres Gerät und noch mehr Leute, um hier weitermachen zu können."

„Da drinnen sind meine Kollegen, meine Freunde, Sie können jetzt doch nicht einfach aufhören!"

„Hier draußen sind meine Kollegen und Freunde und ich kann sie nicht einer unkalkulierbaren Gefahr aussetzen."

*

Adi war immer noch bewusstlos, aber immerhin hatte seine
Kopfwunde aufgehört zu bluten. Sina Fröhlich versuchte, die
großen Trümmer beiseitezuschieben, aber ihr fehlte die Kraft
dazu. Außerdem hatte sie Angst, dass der große Hohlraum, in
dem sie sich befanden, in sich zusammenstürzen würde. Die
Luft war schwer von Staub, das Atmen fiel ihr immer schwerer. Doch sie musste durchhalten! Immer wieder überzeugte
sie sich davon, dass Adi noch atmete. Sie wurde von einem
jähen Hustenanfall geschüttelt und bekam kaum noch Luft,
als ein großer Balken direkt auf die beiden herabstürzte.

*

Das Donnern des herabstürzenden Balkens drang bis nach
draußen zu den Feuerwehrleuten. Nicht alle Einsatzkräfte vor
Ort waren mit der Entscheidung, auf schweres Gerät zu warten, einverstanden. Aus Erfahrung wussten die meisten, dass
es nur noch eine Frage der Zeit sein würde, bis das Gebäude
komplett einstürzte. Überlebenschance danach: gleich null! Es
war ein Wettlauf mit der Zeit.

*

Die Helfer ahnten nicht, dass sich nur wenige Meter von ihnen entfernt ein Verletzter befand. Er hatte furchtbare
Schmerzen und seine Augen waren zugequollen vom Staub.

Er konnte weder sein rechtes Bein noch seinen Kopf richtig bewegen. Mit seinem unverletzten linken Bein versuchte er, den Schutt loszuwerden, der auf ihm lag. Eigentlich war jetzt alles egal, aber irgendetwas musste er tun, deshalb fing er an zu schreien.

*

„Hört ihr das?", rief Rüdiger den Einsatzkräften zu. Ein paar Männer liefen ungeachtet ihrer Anweisungen in die Richtung, aus der die Stimme kam. Mit vereinten Kräften begannen sie, den Schutt zu entfernen, als der Einsatzleiter brüllte: „Stopp, sofort Stopp! Habe ich mich nicht klar genug ausgedrückt?" Doch die Männer spürten, dass sie hier die Chance hatten, ein Leben zu retten. Die Rufe wurden schwächer, was alle motivierte, noch schneller zu arbeiten. Dann ertönte ein lauter Ruf: „Eine Trage, wir brauchen sofort eine Trage!"

Ein paar Minuten später kehrten sie zu Rüdiger zurück. „Er ist schwer verletzt, aber zum Glück haben wir ihn noch lebend gefunden." Rüdigers Herz bekam einen kleinen Stich. Natürlich freute er sich, Lars Mühlbauer zu sehen. Lebend! Aber was war mit Adi und Sina?

*

Der Einsatzleiter hatte sich wieder beruhigt. Er konnte schlecht seine Männer beschimpfen, die Lars Mühlbauer aus den Trümmern gezogen hatten.

„Ihr habt wahrscheinlich recht. Also Freiwillige vor. Wer geht mit ins Gebäude?" Alle Hände schossen nach oben. Dem Einsatzleiter war eigentlich schon im Vorfeld klar gewesen, dass keiner seiner Leute kneifen würde. „Also los, dann holen wir uns die Vermissten!"

*

Hätte er sie doch nur ein paar Sekunden vorher gewarnt. Aber Rüdigers Eingebung, dass der Plan des Racheengels ein ganz anderer war, als alle dachten, war unvermittelt gekommen. Und vielleicht zu spät.

Irgendjemand musste die Bombe installiert haben. Wahrscheinlich war es sogar der Racheengel selbst. Doch das rückte in den Hintergrund, weil seine besten und einzigen Freunde um ihr Leben kämpften, wenn es nicht sogar schon zu spät war.

*

Auf einmal hörten sie Schreie aus dem Bereich der Grabungen. Rüdiger war inzwischen schon so weit, sich mitten in das Trümmerfeld zu begeben. Er hatte mehrere Stoßgebete Richtung Himmel geschickt und erreichte langsam den emotionalen Tiefpunkt. Er mochte nicht daran denken, was er ohne die beiden tun sollte. Auf einmal leuchteten ihm Taschenlampen entgegen, mehr konnte er nicht erkennen. Die Lichter kamen immer näher und er sah eine Gruppe Feuerwehrleute, die mit zwei Tragen direkt auf ihn zukamen.

„Nein!", schrie er und brach zusammen.

Seine Freunde lagen bewegungslos und ohne jedes Lebenszeichen auf den Tragbahren.

Ein Rettungssanitäter richtete ihn sanft auf und flüsterte ihm ins Ohr. „Sie leben, Sina Fröhlich und Adi Hessberger haben ziemlich was abbekommen, aber beide werden wieder gesund."

Rüdiger Salzmann ließ seinen Tränen freien Lauf und heulte wie noch nie zuvor in seinem Leben. Auch die Emotionen der anderen Helfer gingen mit ihnen durch.

*

Adi und Sina lagen nebeneinander, Trage an Trage. Sina fühlte vorsichtig Richtung Adi, bis sie seine Finger zu fassen bekam. Als Sina merkte, dass auch er ihre Hand sanft drückte, wusste sie auf einmal, dass alles wieder gut werden würde.

ENDE

DANK

Liebe Leserinnen und Leser, jetzt halten Sie mein mittlerweile fünftes Buch (meinen dritten Krimi) in der Hand. Natürlich wird man auf diesem Weg von vielen Menschen begleitet. Ein paar davon werde ich nachfolgend und stellvertretend gerne nennen.

Ohne ihn geht eigentlich gar nichts. Mein Lieblingsverleger Gerd Fischer. Er sorgt immer dafür, dass ich die Fristen einhalte, auf Füllwörter verzichte und mich nicht in den unterschiedlichsten Projekten verzettle. Viele mainbook-Autoren sind wahrscheinlich genauso froh wie ich, wenn endlich die immens hohe Hürde, der Segen des Verlegers, genommen wurde. Danke, lieber Gerd!

Cover, Homepage und Werbematerial, dafür braucht man einen Fachmann an seiner Seite. Und wenn dieser auch noch vom ersten Buch bis jetzt alle Vorhaben begleitet, dann kann man schon von einer erfolgreichen Zusammenarbeit sprechen. Ja, lieber Herr Striewisch von together concept, vielen Dank für Ihr sehr großes Engagement rund um meine Buchprojekte.

Vielen Dank an dieser Stelle an meine Testleserinnen für eure tolle Unterstützung: an Ellen Voigt, Michaela Schleicher und vor allem an Frau Dr. Lena Lindhoff, die es immer wieder durch punktuelle Änderungen schafft, meinen Sätzen den letzten Schliff zu geben.

Was wäre ein Krimi ohne den passenden Staatsanwalt? Lieber Thomas Harald Brand, deine Beratung in Bezug auf Straf- und Prozessrecht, Kriminalistik und IT hat sehr zum Gelingen des

Gesamtwerks beigetragen. Damit bist du automatisch für den nächsten Krimi wieder „verhaftet".

Kann das Opfer mehrere Stunden bei niedrigen Temperaturen im Gebüsch liegen? Wie wirkt hoch dosiertes Insulin auf Menschen, die nicht zuckerkrank sind? Solche Fragen beantwortet mir zum Glück meine Schwester, Dr. Corinna Klasser. Danke, dass du immer die richtige Antwort parat hast.

Lieber Thomas Lein, wer hätte gedacht, dass eine kleine Bemerkung von dir den Anstoß zu einer Idee innerhalb meines Krimis gibt?

Doch vor allem kommt es auf Sie an, liebe Leserinnen und Leser, denn ohne Ihre Mithilfe würde ich am Ende auf großen Stapeln von nicht bestellten Büchern sitzen. Also viel Spaß bei der Lektüre.

Herzliche Grüße

T. Fiedler

Ihr Thorsten Fiedler

Der Autor

Eigentlich haben wir Offenbacher überhaupt keinen Lebenslauf oder gar eine Vita. Ich habe mir jetzt eine von einem Bekannten aus Heusenstamm ausgeborgt. Die braucht er aber irgendwann wieder zurück. 😉

Angefangen hat alles mit meinen Gedichten und ironischen Beiträgen während des Schulunterrichts im beschaulichen Offenbach. Doch dann wurde sämtliche Fantasie und dichterische Freiheit den seriösen Lebensbereichen Bankausbildung, Psychologie und Automobilbranche geopfert. Bis eines Tages echte und leibhaftige Mietnomaden und Messies unvermittelt in mein Leben traten und alle Ersparnisse vereinnahmten.

Gemeinsam mit meiner großartigen Familie habe ich darüber philosophiert, ob denn nun ein Strick oder aber das Schreiben eines Buchs probate Mittel seien, um die realen Katastrophen mittels Ironie zu verarbeiten. Am Ende haben wir uns für die literarische Verarbeitung entschieden.

So entstand 2015 die erste Realsatire: „Der Nomade im Speck". Hier wurde schnell aus Mitleid ein ganz neuer Begriff geboren, nämlich das „Mietleid". Leider konnten die Erträge des Buchs nicht annähernd das Mietnomaden-Minus ausgleichen, weswegen gleich ein zweites Buch folgte: „Der Sattel im Speckmantel". Diesmal handelte es sich um eine Radfahrer-Realsatire. Doch wenn der Lieblingsverleger aus Frankfurt kommt und zusätzlich über seinen Heimatfußballverein Krimis schreibt, dann hast du einfach keine Wahl. Also folgten mit „Schlusspfiff" und „Nachspielzeit" zwei Krimis über die Heimatstadt Offenbach und den eigenen Lieblingsfußballverein, der zufälligerweise aus derselben Stadt kommt.

Und wenn man alles einmal zusammenfasst, bin ich beruflich Mfa (Mädchen für alles), Papa, Lieblingsehemann, Hundeausführer, Dichter und Autor.

Wo trifft man Adi Hessberger?

Natürlich im Kickers-Fan-Museum in Offenbach

Hier kann man die Geschichte von Kickers Offenbach in einem kleinen, aber feinen Museum erleben. Es wird nicht nur die Kickers-Kultur hochgehalten, sondern man trifft sich hier vor und nach den Spielen des OFC. Zahllose traditionsbehaftete Fundstücke haben den Weg ins Museum gefunden. Teils durch ehemalige Spieler, teils durch private Unterstützer. Das Kickers-Fan-Museum ist am 7.3.2007 aus einer privaten Sammlung entstanden und wächst mit jedem Ausstellungsstück weiter. Zu der Sammlung gehören einzigartige Objekte wie z. B. das Replikat des DFB-Pokals von 1970 oder Originaltrikots von Spielern aus den unterschiedlichsten Jahrzehnten.

Verantwortlich: Thorsten Franke
Aschaffenburger Str. 65
63073 Offenbach
Tel.: +49 69 83008777, mobil: +49 1639476928
Homepage: www.kickers-fan-museum.de
Highlight: Eintritt frei

Öffnungszeiten: Di.: 19–22 Uhr, Sa., So.: 10–13 Uhr
Bei allen Heimspielen geöffnet. Schauen Sie doch einfach mal vorbei.

Markthaus am Wilhelmsplatz

Das denkmalgeschützte Gemäuer liegt im Zentrum des Wilhelmsplatzes. Dort trifft man sich während und nach dem Offenbacher Wochenmarkt, der dreimal die Woche stattfindet. Man sitzt dort gemütlich draußen und beobachtet das bunte Treiben rund um den Wilhelmsplatz.

Highlights: hessische Tapas, Handkäs in allen Variationen und alles, was frisch vom Offenbacher Wochenmarkt kommt.

Inhaber: Eric Münch
Bieberer Str. 9 b
63065 Offenbach
Kontakt: +49 69 80101883, info@markthaus.eu
Homepage: www.markthaus.eu

Le Belge Offenbach

Deutsch-belgische Spezialitäten und Biere kann man hier verkosten. Es gibt die echten belgischen Pommes, absolut lecker und natürlich direkt vom Erfinder der Pommes frites.

Bleichstraße 49
63065 Offenbach
Tel.: +49 69 56997020

Wiener Hof

Hier gibt es nicht nur leckeres Essen, sondern der Wiener Hof ist gleichzeitig kultureller Treffpunkt für zahlreiche Musik-, Theater-, Comedy- und Kabarettveranstaltungen.

Langener Straße 23
63073 Offenbach
Tel.: +49 69 891296

Bembelboot

Urgemütlich ist es, am Main zu sitzen und die kleinen Snacks wie Grüne Soße oder Handkäsbratwurst bei Apfelwein und Bier zu genießen. Bei schönem Wetter frei nach dem Motto: „Äppler direkt von der Reling".

Mainstraße 119
63065 Offenbach
Tel.: +49 177 8666110

Offenbacher Wochenmarkt auf dem Wilhelmsplatz

Nach dem Motto „Ei gude wie?" bieten mehr als 70 Marktbeschicker von nah und fern unter freiem Himmel und in sympathischer Atmosphäre alles an, was das Herz begehrt. Von Apfel bis Zimt, von Antipasti bis Zander erhält man an folgenden Tagen die kulinarischen Köstlichkeiten:

Dienstag, Freitag und Samstag von 07.30 bis 14.00 Uhr

E bissi Kultur gibt's aach:

Deutsches Ledermuseum

Das Museum hatte 2017 sein inzwischen 100-jähriges Jubiläum und bietet mehr als 30.000 Objekte aus allen Kulturen und Epochen rund um den Werkstoff Leder.

Frankfurter Straße 86
63067 Offenbach
Tel.: 069 8297980
info@ledermuseum.de

Klingspor Museum

Museum für Buch- und Schriftkunst
Herrnstraße 80
63065 Offenbach

Leistungszentrum Kickers Offenbach

Waldemar-Klein-Platz 1
63071 Offenbach am Main
Mannschaften: U10–U19
Mail: kickersjugend@ofc.de
Tel.: 069 98190130
Schauen Sie einfach mal vorbei, wenn der hoffnungsvolle Nachwuchs am Wochenende seine Heimspiele austrägt.

Thorsten Fiedlers 1. Krimi „Schlusspfiff"

Ein mysteriöses Schiedsrichtersterben rund um den altehrwürdi-
gen Bieberer Berg bringt die Offenbacher Polizei schier zur Verzweiflung. Kriminalhauptkommissar Adi Hessberger und sein
Team ahnen nicht, dass sie zum Spielball eines Serienkillers
werden. Die Ermittler der neu gegründeten SOKO Bieberer Berg
müssen sich nun fragen, welche Rolle die lokalen Sportplätze und
gleichzeitig Leichenfundorte in diesem Zusammenhang spielen.
Zählen die Fußballfans der Offenbacher Kickers wirklich zu den
Hauptverdächtigen und wie groß ist das Risiko für Offenbacher
Bürger, sich gefahrlos in der Öffentlichkeit zu bewegen? Die
Ereignisse überschlagen sich bis hin zu einem denkwürdigen
Finale mitten im Herzen Offenbachs ...

Über den ersten Teil der Adi-Hessberger-Reihe, „Schlusspfiff":

„Sehr spannend und fesselnd – Champions-League-würdig" Urs
Meier, Schweizer Schiedsrichter-Ikone

„Nervenkitzel bis zum unerwarteten Ende. Ein filmreifer Krimi"
Peter Zingler, Drehbuchautor (Tatort, Ein Fall für zwei) und
Grimme-Preisträger

Thorsten Fiedlers 2. Krimi „Nachspielzeit"

Der zweite Fall des Ermittler-Duos Fröhlich und Hessberger ist
die direkte Fortsetzung von „Schlusspfiff".

Die SOKO Bieberer Berg scheint am Ende zu sein. Kriminalkommissarin Sina Fröhlich liegt seit dem Mordversuch eines Serientäters schon sieben Monate im Koma und Adi Hessberger versinkt in Depressionen. Doch dann bekommt er einen neuen Fall auf den Tisch, bei dem das beliebte Offenbacher Bier eine wichtige Rolle spielt. Die Fans des OFC wollen keinesfalls auf ihr Lieblingsgetränk verzichten und sind notfalls auch bereit, dafür zu kämpfen. Doch als in diesem Zusammenhang Polizisten sterben, bekommt die Angelegenheit eine ganz neue Wendung. Plötzlich wird die SOKO Bieberer Berg brutal mit der Vergangenheit konfrontiert und es sieht nicht so aus, als ob Hessberger diesem Albtraum entfliehen könnte.

Rüdiger Salzmann hatte kaum noch Gefühl in seinen Armen und Beinen. Die Kabelbinder quetschten ihm das Blut ab und er wusste nicht, wie er sich noch setzen oder legen sollte. Sein Entführer hatte einen Monitor in seinem Sichtbereich aufgestellt. Rüdiger ahnte, dass es seine Zeit war, die auf dem Bildschirm langsam ablief.

8:37:52

Es war einfach ein berauschendes Gefühl. Die Macht war mit ihm und das würde er bald endgültig demonstrieren. Die Kommissare hatten sicher nicht schlecht gestaunt, als ihre gesamten elektronischen Fallakten verschwunden waren. Doch das Beste würde er sich für den Schluss aufheben. Die Zeit lief für ihn und gegen Rüdiger Salzmann. Er dachte voller Freude daran, wie lange er die gesamte Polizei an der Nase herumgeführt hatte. Und all diese Frevler, die sich seinen heiligen Zorn zugezogen hatten durch ihre Beleidigungen und Schmähungen gegenüber seinem geliebten OFC, die erhielten ihre gerechte Strafe. Schon in der Bibel stand in Psalm 18 zu lesen: *Ich will sie zerschmettern; sie sollen mir nicht widerstehen und müssen unter meine Füße fallen* … Das war sein Auftrag. Sie endgültig zu eliminieren. Dass sie teilweise Selbstmord begangen hatten, empfand er als sein persönliches Sahnehäubchen.

*

Die IT-Abteilung oder die Leberkäs-Junkies, wie sie von den anderen Kollegen genannt wurden, arbeitete am Limit. In einem komplett abgeschotteten Netz versuchten sie, die Wege

„Leider weiß ich nur, dass er nach Bieber gezogen ist. Ich meine, es war die Konrad-Adenauer-Straße, genau kann ich es nicht sagen."

„Vielen Dank für Ihre Mithilfe."

„Er hat noch ein paar Sachen und einige Zeichnungen hier-gelassen, wollen Sie die sehen?" Doch das hörten die Beam-ten schon nicht mehr.

*

„So ein Mist!", brüllte Adi durch die Einsatzzentrale. „Kon-rad-Adenauer-Straße in Bieber, da müssten wir ja alle Haus-nummern überprüfen, aber die Liste ist ellenlang, Lars, ver-such noch mal, seinen Chef zu erreichen, vielleicht hat der die neue Hausnummer." Adis Gehirn ratterte. „Sina, gibt's was Neues von unseren Einsatzgruppen am Main? Ich wäre jetzt mehr als empfänglich für gute Nachrichten."

„Wir haben einen weiteren Tattoo-Laden ausfindig machen können, in dem außergewöhnliche Bilder gestochen werden. Sie haben uns online einen Katalog zugesendet mit allen Tattoos. Kannst du Dr. Weiß damit beauftragen, die Bilder durchzusehen, ob uns davon etwas weiterbringt?"

Sina weigerte sich vehement, auch nur ein Wort mit dem verhassten Kerl zu sprechen. Adi konnte sie nur zu gut ver-stehen. Wenn die Analysen des Psychologen nicht so wichtig für den Fall gewesen wären, hätte ihn Adi nicht mal mit der Kneifzange angefasst.

*